AF602264

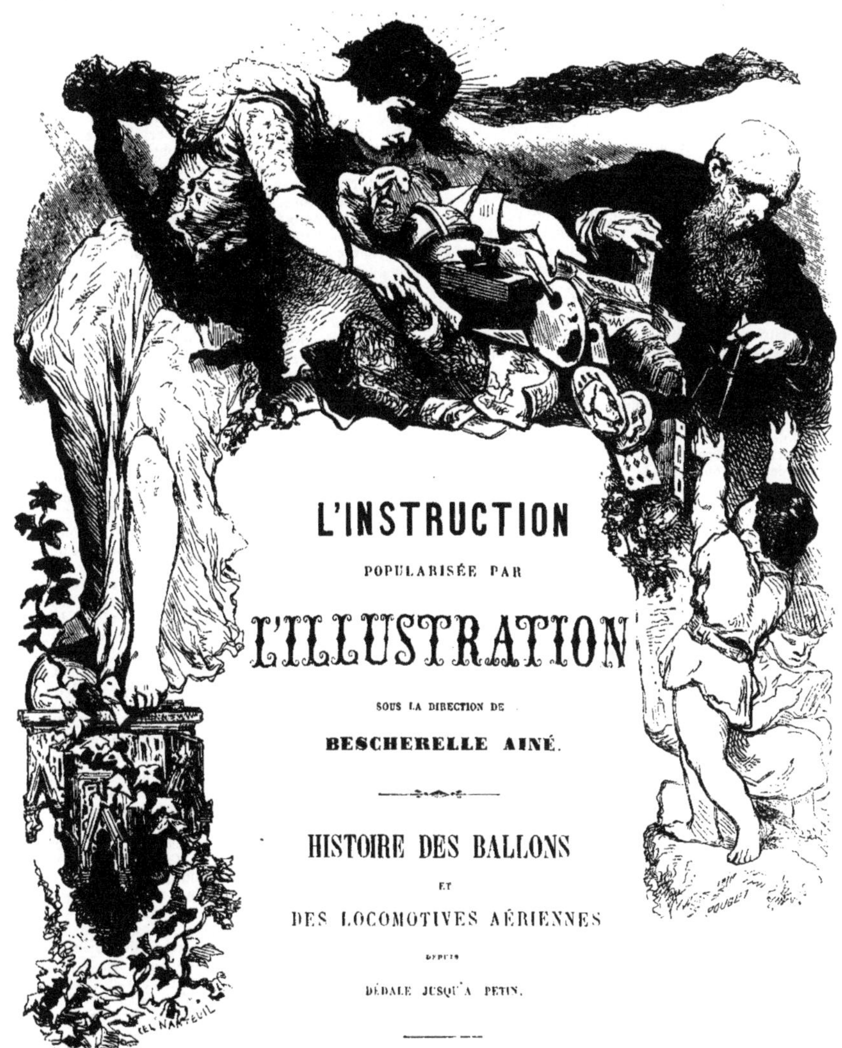

L'INSTRUCTION

POPULARISÉE PAR

L'ILLUSTRATION

SOUS LA DIRECTION DE

BESCHERELLE AINÉ.

HISTOIRE DES BALLONS

ET

DES LOCOMOTIVES AÉRIENNES

DEPUIS

DÉDALE JUSQU'A PETIN.

Tentatives faites pour s'élever dans les airs.— Cabriolet volant.— Wagon aérien.— Les premiers argonautes.— Ballon de cuivre.— Bateau volant — Ascensions équestres.— Globes de verre.— Voyages de nuit.— Char de feu.— Le voador.— Navires aériens.— Sociétés pour la navigation aérienne.— Célébrités aéronautiques.— Essais avortés.— Revers, désastres, chutes, naufrages.— Aérostiers militaires.— Parachutes.— Impressions de voyages.— Faits curieux.— Anecdotes, etc., etc.

INTRODUCTION.

L'HISTOIRE DES BALLONS!..... Tout aussitôt vous vous figurez que nous allons vous parler de Montgolfier et de sa magnifique découverte... Un instant, n'allons pas si vite, s'il vous plait. Nous devons reprendre les choses d'un peu plus haut, pour nous mettre à la *hauteur* de notre sujet. Nous remonterons, si vous voulez bien le permettre, jusqu'au déluge; nous vous parlerons de la Bible, de la Fable, etc., etc.; car, selon nous, s'il est bien de connaitre les faits et gestes de M. César et de M. Pompée, de M. Annibal et de M. Alexandre, voire même ceux de M. de Marlborough, il n'est pas mal non plus de savoir un peu ce qui s'est fait dans tous les temps pour arriver à la solution du fameux problème de la locomotion aérienne. N'est-ce pas en effet une insulte faite à l'esprit humain que de croire qu'il soit resté les bras croisés pendant des

 Imp. Schneider, rue d'Erfurth, 1.

myriades de siècles, et qu'il ait patiemment attendu la venue du célèbre papetier d'Annonay? Non, bien avant lui, on avait fait des tentatives pour s'élever dans les airs, et tous ceux qui s'y sont cassé les reins peuvent vous en donner de bonnes nouvelles. Ce serait même un curieux livre à faire que celui qui aurait pour titre : *Histoire des reins cassés*..... Peut-être l'entreprendrons-nous un jour.

Il serait trop long de vous conter tout ce que notre livre renferme : le passé, le présent et l'avenir de l'art aérostatique, tout s'y trouve. Lisez plutôt! Nous voulons profiter du peu d'espace qui nous reste, pour vous apprendre, chers lecteurs, d'étonnantes nouvelles Mais comment, par quelles précautions délicates annoncer sérieusement à Paris à la France, au monde entier, les agréables surprises qu'on ménage au public. Peut-être nous accusera-t-on d'indiscrétion?... Ma foi, tant pis! Pourquoi les entrepreneurs nous ont-ils mis dans la confidence?

Vous avez tous vu, lu et relu sur les murs de la capitale, ces immenses affiches vertes, jaunes, bleues, rouges, etc. (la couleur n'y fait rien), annonçant que vous allez avoir, pendant huit jours, à partir du 25 août prochain, une suite non interrompue de plaisirs, de surprises, de spectacles, de bals, de musiques, de tableaux, de statues, de carrousels, de danses, d'opéras, de vaudevilles, de réunions galantes, etc., etc., etc., lesquelles affiches portent pour titre solennel : Fêtes de l'industrie universelle offertes a toutes les nations de l'univers. Eh bien! d'habiles aéronautes français et étrangers, qui ont eu vent de l'affaire et qui se sont donné rendez-vous pour cette époque de soulas et d'ébattement, se proposent de profiter de la circonstance pour vous en donner de leur façon. Oui, ils veulent vous en faire voir de belles et de toutes les couleurs. Gare à vous! apprêtez vos yeux; nettoyez vos lunettes, armez vos longues-vues, braquez vos télescopes, et prenez garde surtout qu'il ne s'y trouve point de défaut à l'objectif; car quels spectacles, grand Dieu, vont vous être offerts!!! Jugez-en plutôt par le programme suivant, qui s'imprime dans le plus profond mystère :

FÊTES AÉROSTATIQUES UNIVERSELLES.

Premier jour. — *Ascensions équestres*. M. Poitevin, vêtu en bédouin, s'enlèvera du haut de l'Arc-de-Triomphe, monté sur un monstrueux éléphant blanc qui lui est expédié tout exprès du fin fond de l'Asie par le roi de Siam, qui doit assister, avec une partie de sa cour, à cette cérémonie. De son côté, M. Godard, habillé en kalmouk, partira, du haut du Trocadéro, sur un énorme cétacé antédiluvien, dix fois plus gros que la baleine, curiosité zoologique qui vient d'être retrouvée tout récemment, parfaitement conservée, par un disciple de Cuvier, dans les couches géologiques du Chimboraço ou de l'Himalaya, nous ne savons plus au juste lequel. Les deux aéronautes iront à la rencontre l'un de l'autre, et se battront à la lance, ce qui procurera aux spectateurs la vue d'une *régate aérienne* tout à fait agréable et qui vaudra bien celles de Boulogne-sur-Mer et d'Asnières.

Deuxième jour. — *Ballon de cristal*. Un Anglais fera l'essai d'un aérostat de cristal avec une nacelle en magnifique porcelaine de Sèvres; et, comme le dieu Bacchus, dont il aura le costume, l'aéronaute de la Grande-Bretagne sera à cheval sur une incommensurable tonne de *porter* ou d'*ale*, placée sur le dos d'un bœuf rouge pesant au moins douze cents kilos.

Troisième jour. — *Paravent aérostatique*. Un célèbre aéronaute chinois s'enlèvera dans les airs à l'aide d'un immense paravent de forme octogone, espèce de pagode, qui sera ornée de mille dessins représentant divers points de vue du céleste empire. A cet aérostat, tout nouveau dans son genre, sera suspendu un superbe hippogriffe, qu'on n'a pas encore vu à Paris, et sur la queue duquel, retroussée en trompette, l'aéronaute restera la tête en bas et les pieds en l'air tout le temps de l'ascension, tour de force incomparable et qui fera mourir de chagrin, nous en sommes sûr, les écuyers du Cirque et ceux de l'Hippodrome.

Quatrième jour. — *Canal aérien*. Un aéronaute vénitien enlèvera, à l'aide d'un ballon de toile d'araignée fortement cousue et gommée, un bassin de marbre blanc trois fois plus large que celui des Tuileries, et dans lequel plusieurs petites gondoles richement pavoisées navigueront en transportant des gondoliers vénitiens qui chanteront des barcarolles au clair de la lune.

Cinquième jour. — *Ballon traîné par des oiseaux*. Un magnifique aérostat, richement orné, pavoisé, portant pour devise : la *Ville de Paris*, sera attelé de cinquante grands oiseaux voyageurs, tels que aigles, autours, vautours, cigognes, autruches, condors, etc., etc., dressés tout exprès pour ce service, au cou desquels seront attachées des rênes d'or. Le ballon planera en tous sens au-dessus de la capitale, et les aéronautes, placés dans une nacelle de vaste dimension, distribueront à la foule, du haut des airs, une énorme quantité de pains de quatre livres, de saucissons, de jambons, de cervelas, et autres comestibles aussi légers que délicats.

Sixième jour. — *Combat en l'air*. Deux magnifiques ballons enlèveront, avec toutes leurs munitions de guerre, l'un un bataillon de ligne, l'autre un bataillon de chasseurs de Vincennes, qui, placés vis-à-vis l'un de l'autre, à une certaine distance, se livreront une guerre acharnée. Le ballon vainqueur sera triomphalement conduit, musique en tête, aux Invalides.

Septième jour. — *Banquet aérien*. Un ballon gigantesque, colossal, s'enlèvera dans les airs, avec une plate-forme sur laquelle sera dressée une table de 3,000 couverts. Le banquet n'aura lieu qu'à 4,000 toises de terre. On servira les mets les plus recherchés, les plus rares, les plus introuvables, des langues de mouches, des foies de sauterelles, etc., etc. Après le repas, qui se prolongera jusqu'à la nuit, mille becs de gaz attachés à la plate-forme seront allumés; la table du banquet sera remplacée par un énorme bol de punch dans lequel entreront 800 bouteilles d'eau-de-vie, 1,500 de Malaga, 900 de rhum, 50,000 citrons, 4 tonneaux d'eau bouillante, le jus extrait de 25,000 citrons, 1,000 livres de sucre, 300 noix de muscade râpées. Un petit bateau en bois de rose sera monté par un mousse hollandais, qui voguera sur le punch même, armé d'une grande cuiller à pot, et en servira à toute la compagnie. Il parait qu'on se propose de bien faire les choses, on ne veut pas que les convives puissent dire, en revenant de leur excursion gastronomique, qu'ils ont été traités en l'air.

Huitième et dernier jour. — *Concert aérien*. Vingt ballons réunis, de toutes grandeurs, de toutes couleurs et de toutes formes, dirigés par vingt aéronautes de toutes nations, enlèveront un orchestre monstre composé de 6,000 musiciens, de tous les orphéonistes, ainsi que de toute la troupe des chanteurs de l'Opéra et de l'Opéra-Comique. Ce ballon planera juste au milieu de Paris, à une hauteur raisonnable, et les artistes exécuteront et chanteront tour à tour la *Marseillaise*, *Vive Henri IV*, *Où peut-on être mieux*..., le *Gode save*, et tous les airs nationaux de tous les peuples, tant anciens que modernes.

Hein!... quelles fêtes!... Sans compter que, pendant ces huit jours de jubilation publique, M. Petin transportera, à l'aide de son véhicule aérien, l'ancien monde dans le nouveau et le ramènera par la même voie, voyage qui ne sera pas sans agrément pour les personnes jalouses de la gloire de Christophe Colomb, et qui ne seraient pas fâchées de faire connaissance avec MM. les sauvages et mesdames les sauvagesses, leurs épouses.

Et puis M. Thomas Darville, qui doit prendre sa volée avec ses deux fils, ayant chacun une paire d'ailes, de cinq mètres d'envergure. Ils feront une course aérienne de l'École militaire à Chaillot. Le succès ne saurait être douteux, puisqu'ils ont déjà traversé la Seine au mois de juin, et que l'expérience a parfaitement réussi, nous assurent-ils.

Demandons tous à Dieu la grâce de vivre assez pour voir toutes ces merveilles!

Bescherelle aîné.

ABARIS. Voyez quelle est la bizarrerie de l'esprit humain! Longtemps on a révoqué en doute les antipodes, et, environ un siècle après Lactance, saint Augustin lui-même, sans nier positivement la sphéricité de la terre, n'en combat pas moins de toute sa force la possibilité d'hommes antipodes. Et cependant lisez les écrivains de l'antiquité, et vous verrez qu'on croyait, il y a quatre mille ans, qu'Abaris avait fait le tour de la terre. Ce voyage d'Abaris est tout à fait dans le genre merveilleux. Il l'avait exécuté, disait-on, en volant sur une flèche d'or, présent d'Apollon. C'était un dard qui avait servi à ce dieu dans plusieurs guerres, et qu'il avait enterré sous une montagne, lorsque, poursuivi par la colère de Jupiter, il avait été obligé de s'enfuir. Mais, la colère de Jupiter calmée, il avait repris son dard; et ayant visité les Hyperboréens, il en fit don à Abaris, en reconnaissance de ce qu'il avait célébré son arrivée par des chants dignes de lui. Le voyage d'Abaris autour de la terre est rapporté par Diodore de Sicile. Jamblique s'est contenté de dire que, lorsqu'il enfourchait cette flèche miraculeuse, il traversait les fleuves, les mers et les lieux les plus inaccessibles. Voilà une singulière monture, direz-vous. Mais ne vous rappelez-vous pas que les sorcières se rendaient au sabbat en traversant les airs sur un manche à balai? L'un n'est pas plus difficile à croire que l'autre. Néanmoins vous êtes libre de ne voir dans cette flèche qu'un instrument propre à mesurer les distances éloignées, ou chargé d'indices qui tenaient lieu d'itinéraire, puisqu'il est dit que, sans ce dard, Abaris ne pouvait pas discerner les chemins qu'il devait suivre. Les adeptes y voient évidemment un témoignage de son initiation aux secrets d'Hermès. Quoi qu'il en soit, il ne fournit aucune indication utile pour l'art du vol, et il nous est permis de croire que ce n'est pas à Abaris que les frères Montgolfier ont dû l'idée de leur importante découverte. Tout le monde sera de notre avis.

AIGLE (L'). L'une des expériences qui ont eu le plus de retentissement à Paris, c'est sans contredit celle tentée par M. Lennox, au Champ-de-Mars, le 17 août 1834. Le navire aérien *l'Aigle* avait, selon le programme officiel, cent cinquante pieds de longueur sur quarante-cinq de hauteur; il était muni d'une vessie natatoire, de rames tournantes, d'un gouvernail, etc. Sa description est formidable! Sa nacelle, de soixante-six pieds de longueur, devait enlever dix-sept personnes. Le ballon, disait-on, était construit au moyen d'une toile préparée de manière à contenir le gaz pendant près de quinze jours. Mais le pauvre *Aigle*, loin de pouvoir s'enlever avec ses voyageurs, ne se soutenait pas lui-même. On eut toutes les peines du monde à le faire flotter des ateliers de construction jusqu'au Champ-de-Mars, où il arriva hatelant, essoufflé. Quand on voulut le faire monter, jamais on ne put y parvenir. La multitude furieuse se rua dessus et le mit en pièces. Le pauvre aigle!

AIX. Dans cette ville on vit en 1784 un amateur nommé Rambaud s'enlever dans une montgolfière de seize mètres de diamètre. Il ne resta que dix-sept minutes en l'air, et atteignit une hauteur considérable. Redescendu à terre, il sauta hors du ballon sans songer à le retenir. Allégé de ce poids, le ballon repartit avec la rapidité d'une flèche, et on le vit bientôt prendre feu et se consumer dans l'atmosphère.

ANGLETERRE. L'Angleterre n'avait pas encore eu le spectacle d'une ascension aérostatique. Le 14 septembre 1784, un Italien, Vincent Lunardi, fit à Londres le premier voyage aérien qui ait eu lieu au delà de la Manche. Un Anglais, M. Biggin, devait l'accompagner dans ce voyage; mais on trouva que le ballon, qui avait été rempli avec de l'air inflammable retiré du zinc à l'aide de l'acide vitriolique affaibli, n'avait pas de force suffisante pour les enlever tous deux, et M. Lunardi partit seul, emportant avec lui un pigeon, un chat et un chien. Son exemple fut bientôt suivi avec empressement à Oxford par un Anglais devenu célèbre depuis comme aéronaute, M. Sadler. M. Sheldon, membre distingué de la Société royale de Londres, fit, de son côté, une ascension en compagnie de Blanchard.

ARCHYTAS. La colombe d'Archytas est la première machine volante dont l'antiquité nous offre un récit à peu près authentique. Mais qu'était-ce que cet Archytas? C'était l'ami de Platon et l'un des successeurs de Pythagore dans la direction de sa secte. Il vivait quatre siècles avant notre ère. Savant géomètre, mathématicien et mécanicien, on lui attribue l'invention de la poulie, de la vis et de la crécelle, et la solution de plusieurs problèmes de géométrie. La grande douceur de son caractère le portait à prendre part aux jeux des jeunes gens et des enfants. Mais, comme la nature de leurs plaisirs les entrainait souvent à des exercices dangereux, pour les en détourner et les distraire, il inventa l'amusement du cerf ou du dragon volant. Il ne prévoyait guère que cet instrument deviendrait par la suite aussi intéressant, et que Franklin en ferait le sujet d'expériences aussi savantes que surprenantes sur l'électricité et le tonnerre. Le succès de cette machine ayant répondu aux vues d'Archytas, il voulut aller plus loin; et il fabriqua une colombe artificielle qui imitait parfaitement le vol des colombes naturelles; elle s'élevait dans les airs, y planait et retombait sur la terre. Ce chef-d'œuvre a excité l'admiration de tous les siècles. Aulu-Gelle en parle dans ses *Nuits attiques*. Après avoir cité plusieurs faits incroyables et qu'il n'admet point, il ajoute: « Mais ce qu'on rapporte que le philosophe Archytas a conçu et exécuté, ne paraît pas devoir être rejeté, quoique ce soit surprenant; car la plupart des plus notables écrivains grecs, et Favorinus, philosophe très-érudit, ont tous affirmé qu'il avait fait une figure de colombe en bois, qui volait par le moyen d'un artifice mécanique. Elle se soutenait ainsi suspendue par des vibrations, et elle était mue ou excitée par le souffle secret d'un air renfermé.

Depuis la découverte des machines aérostatiques, on a soupçonné que cet *esprit renfermé* dont parle Aulu-Gelle était probablement l'air *raréfié* ou l'air *inflammable*, par le moyen duquel la colombe d'Archytas parvenait à une gravité spécifique moins grande que l'air commun, les forces mécaniques ne servant qu'à lui donner un mouvement horizontal. Telle est la supposition la plus raisonnable qu'on ait faite; mais il ne faut qu'examiner avec quelque attention différentes circonstances pour voir cette conjecture s'évanouir aussitôt. En effet, pigeon ou colombe, l'oiseau étant de bois, il aurait fallu lui donner une grandeur immense, pour pouvoir contre-balancer la pesanteur de la machine, par la différence qui existe entre l'air inflammable et un volume semblable d'air commun. Il n'est point fait mention de feu, qui aurait été nécessaire en supposant qu'on se fût servi d'air raréfié; on ne parle pas non plus d'aucun des préparatifs qu'on aurait dû faire avant le départ de l'oiseau; et ces préparatifs auraient été trop sensibles dans le cas où on eût employé l'air inflammable, pour qu'on les passât sous silence. Mais il est difficile d'admettre l'emploi de l'un ou de l'autre de ces moyens, car il est bien évident qu'une chose aussi simple n'eût point été si vite oubliée.

ARGONAUTES AÉRIENS (Les premiers). L'année 1783 devait voir chacun de ses mois marqué par un nouveau pas dans l'art de l'aérostation. Les cinq premiers furent consacrés à des essais. En juin a lieu la première expérience publique par le feu, à Annonay. En juillet et août, Paris voit s'élancer dans les airs le premier ballon à gaz hydrogène. En septembre, l'expérience à Versailles montre la première ascension faite avec des animaux vivants. En octobre, nous allons voir de hardis nautoniers essayer, pour ainsi dire, terre à terre la navigation nouvelle. Étienne Montgolfier se mit donc à construire, dans les jardins du faubourg Saint-Antoine, un ballon disposé de manière à recevoir des voyageurs. Cette machine n'avait pas moins de vingt mètres de hauteur sur seize de diamètre. A l'extérieur, elle était richement peinte et dorée; sur un fond d'azur elle portait pour ornements des fleurs de lis et les douze signes du zodiaque, au milieu le chiffre du roi, entremêlé de soleils, et vers le bas, parmi une foule de mascarons et de guirlandes, on voyait des aigles à ailes déployées, qui paraissaient supporter en volant cette superbe machine. Au-dessus était disposée une galerie circulaire en osier recouverte de toile et destinée à recevoir les aéronautes. Cette galerie avait un mètre de large, ce qui dépasse de beaucoup les plus grandes nacelles modernes; une balustrade la protégeait et permettait d'y circuler librement. Au milieu était une ouverture où se trouvait, suspendu par des chaînes, le réchaud en fil de fer dont la combustion devait entraîner l'appareil. Une énorme provision de paille avait été emmagasinée dans un coin de la galerie pour donner aux aéronautes la faculté de s'élever à volonté en activant le feu. Le ballon construit, les 15, 17 et 19 octobre, dans cette même manufacture de papiers peints de Réveillon, où le ballon avait été construit, on essaya de s'en servir comme d'un navire aérien. A vingt reprises différentes, Pilatre des Rosiers seul, puis accompagné successivement du marquis d'Arlandes et de M. Giroud de Villette, s'éleva de toute la hauteur des cordes avec lesquelles on retenait le ballon captif. Les voyageurs furent ainsi portés à une hauteur de 100 mètres. La machine semblait n'avoir pas changé de volume, dit un témoin oculaire, mais les hommes paraissaient si petits, qu'on ne pouvait bien les distinguer qu'avec le secours d'une lorgnette. Tout le monde rendait hommage au sang-froid, au courage de Pilatre des Rosiers, à son adresse et à la manière intelligente dont il savait gouverner le feu et le ranimer à propos. Dans l'une de ces expériences, le ballon, chassé par le vent, était venu s'abattre sur la cime des grands arbres du jardin; un cri s'échappa de la foule des spectateurs; on craignait de voir l'aérostat s'engager dans les arbres et les voyageurs lancés à terre; mais Pilatre, sans s'émouvoir le moins du monde, prit avec sa longue fourche de fer une énorme botte de paille, qu'il jeta dans le foyer. Aussitôt on vit le ballon se dégager et remonter en l'air aux applaudissements des assistants. C'en était fait! la navigation aérienne apparaissait possible, et, dans l'ardeur du zèle qui l'animait, Pilatre des Rosiers, demandait qu'on le laissât prendre son essor. Ces curieuses manœuvres ne s'étaient pas opérées sans avoir eu quelque retentissement au dehors : aussi se pressait-on en foule à la porte du jardin de Réveillon pour y assister de loin. L'affluence devint telle dans tout le faubourg Saint-Antoine, sur les boulevards et jusqu'à la Porte-Saint-Martin, que sur toute cette partie de la ville la circulation était interrompue. Comme l'encombrement excessif des curieux pouvait amener des embarras et des dangers, on se décida à faire l'ascension hors de Paris, et c'est alors que le dauphin offrit à Montgolfier les jardins de son château de la Muette au bois de Boulogne. Cependant, à mesure que le jour de l'expérience solennelle approchait, Montgolfier hésitait: il voulait qu'on fît de nouvelles épreuves; la commission de l'Académie des sciences, qui avait été consultée, ne se prononçait pas. Et en effet, comment ne pas hésiter en pareille matière? Quatre mois s'étaient à peine écoulés depuis l'invention des aérostats, et il n'avait guère été possible de bien apprécier toutes les conséquences d'une ascension à ballon perdu. Le projet de Pilatre des Rosiers avait de quoi effrayer les cœurs les plus intrépides. Le roi lui-même enfin, qui eut connaissance de ces débats, s'opposa à ce qu'on fît une semblable expérience. Dans sa sollicitude, il offrit de faire grâce à deux condamnés que l'on embarquerait dans la machine. A cette proposition, Pilatre des Rosiers s'indigne. « Eh quoi! dit-il, de vils criminels, des hommes rejetés du sein de la société, auraient la gloire de s'élever les premiers dans les airs! Non, non; cela ne sera point! » Il demande, il invoque, il supplie; il remue la cour et la ville; il s'adresse aux personnes le plus en faveur à Versailles, entre autres à la duchesse de Polignac, gouvernante des enfants de France. Celle-ci, qui était toute-puissante sur l'esprit de Louis XVI, plaide chaleureusement sa cause auprès du roi. Le marquis d'Arlandes, gentilhomme de Languedoc, major dans un régiment d'infanterie, vient prêter du renfort à la duchesse, et, pour prouver qu'il n'y avait aucun danger, il offre d'accompagner Pilatre dans son voyage aérien. Vaincu par tant d'insistance, Louis XVI se rend et accorde l'autorisation demandée. Le 20 novembre 1783, on s'était disposé pour faire l'ascension, mais le vent et la pluie furent tels, qu'on ne put se risquer hors du port. Le lendemain 21, à une heure de l'après-midi, en présence du dauphin et de sa suite, rassemblés dans les beaux jardins de la Muette, Pilatre des Rosiers et le marquis d'Arlandes exécutèrent ensemble le premier voyage aérien. Malgré un vent assez violent et un ciel orageux, le ballon s'éleva rapidement. Arrivés à une certaine hauteur, les voyageurs agitèrent leurs chapeaux pour saluer la multitude, qui se sentait frappée tout à la fois d'admiration, d'intérêt et de crainte. Bientôt il ne fut plus possible de distinguer les nouveaux argonautes, et le ballon lui-même ne paraissait guère plus gros qu'un lustre. On le vit longer le cours de la Seine jusqu'à l'île des Cygnes, puis, après avoir traversé la rivière, s'engager au-dessus de Paris, mais à une telle hauteur, que de tous les points de la capitale on put l'apercevoir, même du fond des rues les plus étroites. Les tours de Notre-Dame étaient couvertes de curieux qui purent remarquer que l'aérostat, en passant entre le soleil et le

Argonautes aériens.

point correspondant à l'une de ces tours, y produisit une éclipse d'un nouveau genre. Enfin, le ballon s'élevant ou s'abaissant plus ou moins, en raison de la manœuvre des voyageurs, passa entre l'Hôtel des Invalides et l'Ecole militaire, et, après avoir plané sur la rue du Bac, aux environs de l'église des Missions étrangères, s'approcha de Saint-Sulpice. Alors les aéronautes forcèrent un peu le feu pour quitter Paris, puis s'élevèrent à une assez grande hauteur, et trouvèrent un courant d'air qui les fit dévier vers le sud et les porta dans la plaine, au delà du mur d'enceinte, entre la barrière d'Enfer et celle d'Italie. C'est alors que le marquis d'Arlandes, trouvant l'expérience suffisante, et pensant qu'il était inutile d'aller plus loin dans un premier essai, cria à son compagnon : « Pied à terre ! » Aussitôt le feu cessa, la machine s'abaissa et descendit lentement sur la Butte-aux-Cailles, entre le Moulin-Vieux et le Moulin-des-Merveilles. En touchant la terre, le ballon se déprima presque entièrement. Le marquis d'Arlandes sauta aussitôt hors de la galerie, mais Pilatre des Rosiers, qui se trouvait à l'avant de la machine et par conséquent sous le vent, demeura un moment comme enseveli sous les toiles, qui se renversèrent de son côté. Etait-ce là un sinistre présage, un avertissement du sort qui lui était réservé, et qui devait sitôt et si cruellement se réaliser ? La machine fut mise en ordre en moins de dix minutes, chargée sur une voiture et transportée au faubourg Saint-Antoine. Pilatre des Rosiers, pour être plus à l'aise dans la galerie de l'aérostat, avait peu tardé, une fois dans l'air, à se débarrasser d'une partie de ses vêtements. Ils se trouvèrent égarés au milieu de la foule empressée qui surgit de toutes parts au moment de la descente. Cette circonstance le força de se rendre directement chez lui. Le marquis d'Arlandes monta aussitôt à cheval et regagna le château de la Muette, où l'attendaient ses amis et toute la foule des curieux. Tous l'accueillirent avec des pleurs de joie et d'ivresse, et quand, quelques instants après, Pilatre des Rosiers arriva, tout le monde s'empressait autour de lui et ne pouvait se lasser d'admirer ces deux hommes qui venaient d'accomplir l'une des entreprises les plus extraordinaires qui eussent jamais été exécutées. Parmi les personnages qui avaient assisté à cette magnifique expérience, on remarquait Benjamin Franklin. Il semblait que cet homme de génie eût été envoyé par le nouveau monde pour être témoin de cette nouvelle conquête de l'homme sur la nature éthérée. Comme quelqu'un demandait devant lui à quoi pourraient servir les ballons : « C'est l'enfant qui vient de naître, » répondit le philosophe américain.

ASCENSION ÉQUESTRE. Ce fut Testu-Brissy

qui exécuta le premier, en 1800, une ascension équestre. Dans son grand et magnifique ballon, il montait un cheval qu'aucune attache, aucun lien, ne retenait au plateau de la nacelle. C'était ici, de la part du quadrupède et de l'homme, un acte de confiance mutuelle, qui, heureusement, ne fut démenti ni par l'un ni par l'autre. Dans cette expérience, Testu-Brissy put acquérir la certitude d'un fait qu'il avait annoncé d'avance ; c'est que le sang des grands animaux s'extravase par leurs artères, et coule par les narines et par les oreilles, à une hauteur à laquelle l'homme ne se trouve nullement incommodé.

Ce tour de force a été plusieurs fois répété de nos jours par un habile et courageux aéronaute, M. Poitevin. Seulement, le cheval était attaché au filet du ballon par un appareil de suspension, en sorte que l'expérience offrait bien moins de danger. A une certaine hauteur, le cheval de M. Poitevin a éprouvé, comme celui de Testu-Brissy, une hémorragie abondante.

BACQUEVILLE (Le marquis de). Le sire marquis de Bacqueville avait depuis longtemps annoncé qu'il traverserait la Seine, et qu'il irait s'abattre au milieu du jardin des Tuileries. Son hôtel était situé au coin de la rue des Saints-Pères, sur le quai des Théatins. Le jour fixé arrive, et une foule considérable de curieux se pressait, dès le matin, tant sur le quai des Théatins et du Louvre que sur le pont Neuf et le pont Royal. Il y en avait aussi dans les Tuileries qui l'attendaient avec la plus vive impatience. A l'instant marqué, il se montra muni de ses ailes. Il paraît que c'étaient des ailes véritables, des ailes semblables à celles qu'on donne aux anges. Leur grandeur était en proportion avec la masse qu'elles avaient à soutenir. Ce fut d'un des côtés de son hôtel, terminé en terrasse, qu'il s'abandonna à l'air. Pendant quelques instants, son vol parut assez heureux ; mais, à peine arrivé vers le milieu de la rivière, on ne vit plus chez lui que des mouvements incertains, et le malheureux ne tarda pas à s'abattre sur un bateau de blanchisseuses. S'il dut au grand développement de ses ailes de ne s'y pas tuer, il n'en eut pas moins la cuisse cassée.

BALDUD. Les mélanges tirés d'une grande bibliothèque, imprimés au seizième siècle, contiennent un exemple malheureux d'une très-ancienne imitation des prétendues ailes de Dédale. Il y est cité comme extrait des grandes chroniques et annales de Bretagne. Un certain roi Brutus passa en Bretagne et lui donna son nom. Ce pays fut gouverné par la postérité de ce premier Brutus, à ce que rapportent ces annales, et elle produisit plusieurs grands hommes, entre autres Baldud, qui était un fameux sorcier. Il opérait des choses étonnantes en se servant, pour ses enchantements, de sang humain. Il faisait, pour cet effet, tuer des hommes ; mais, en revanche, il en ressuscitait d'autres ; il y avait donc compensation. Il faisait parler et marcher des corps morts, comme s'ils eussent été en vie. Donc il ne lui était pas plus difficile de s'élever dans les airs ; cependant il ne faut pas trop hasarder, même quand on est sorcier. En effet, il entreprit de voler, et, s'étant élevé au-dessus d'une ville nommée Trinovante, dont il était le seigneur, il retomba sur le temple d'Apollon et se tua. C'est bien la peine d'être sorcier ! Il paraît que ce Baldud était le père du roi Léar, héros d'une tragédie bien connue de Shakspeare ; mais qu'importe ! cela n'augmente ni ne diminue la confiance qu'inspirent ces récits fabuleux.

BALEINE AÉRIENNE. En 1816, Pauly de Genève, l'inventeur du fusil à piston, voulut établir à Londres des transports aériens. Il construisit un ballon colossal en forme de baleine, dont le volume n'était guère moindre que celui de ce cétacé. Il n'eut aucune espèce de succès.

BERNADOTTE. On fit usage des aérostats militaires à Maubeuge, à Charleroi, à Fleurus, à Bonn, à la Chartreuse de Liége, au siége de Coblentz, au Coq-Rouge, à Kiel et à Strasbourg. On en tira également un certain parti à Andernach. Bernadotte commandait alors la division de l'armée française. Comme on le pressait de monter dans le ballon, il refusa formellement : « Je préfère le chemin des ânes, » dit tout crûment le futur roi de Suède.

BESNIER. Ce Besnier était un serrurier de Sablé, dans le pays du Maine, qui avait inventé une nouvelle machine pour voler. C'était dans l'année 1678; on était alors au mois de décembre, et cela fit tant de bruit, que le *Journal des Savants* de cette époque se hâta d'en faire jouir ses abonnés, pensant qu'ils ne seraient pas fâchés d'apprendre par avance une chose aussi extraordinaire. Cette machine consistait en deux bâtons qui avaient à chaque bout un châssis oblong de taffetas, qui se pliait de haut en bas, comme des battants de volets brisés. Quand on voulait voler, on ajustait ces bâtons sur les épaules, en sorte qu'il y avait deux châssis devant et deux derrière. Les châssis de devant étaient remués par les mains, et ceux de derrière par les pieds, en tirant une ficelle qui leur était attachée. La manière de mouvoir ces sortes d'ailes était telle, que, quand la main droite faisait baisser l'aile droite de devant, le pied gauche faisait baisser, par le moyen de la ficelle l'aile gauche de derrière. Ensuite, tandis que la main gauche faisait baisser l'aile gauche de

devant, le pied droit faisait baisser, toujours à l'aide de la ficelle, l'aile droite de derrière, et ainsi alternativement en diagonale. Ce mouvement en diagonale paraissait très-bien imaginé, parce que c'est celui qui est naturel aux quadrupèdes et aux hommes, quand ils marchent ou lorsqu'ils nagent. On trouvait, néanmoins, qu'il manquait deux choses à cette machine pour la rendre d'un plus grand usage : la première, qu'il faudrait y ajouter une grande pièce très-légère, qui, étant appliquée à quelque partie choisie du corps, pût contre-balancer dans l'air le poids de l'homme; la seconde, que l'on y ajoutât une queue qui servit à soutenir et à conduire celui qui volerait: mais on trouvait bien de la difficulté à donner le mouvement et la direction à cette espèce de gouvernail, après les expériences qui avaient été inutilement faites autrefois par plusieurs personnes.

La première paire d'ailes sortie des mains du sieur Besnier fut portée à la Guibré, où un baladin l'acheta et s'en servit fort heureusement. Besnier travailla ensuite à une nouvelle paire, qu'il espérait perfectionner et rendre plus achevée que la première.

Il ne prétendait pas, néanmoins, pouvoir s'élever de terre, ni se soutenir fort longtemps en l'air, à cause du défaut de forces et de vitesse qui sont nécessaires pour agiter fréquemment et efficacement ces sortes d'ailes, c'est-à-dire pour planer; mais il assurait qu'en partant d'un lieu médiocrement élevé, il passerait aisément une rivière d'une largeur considérable, l'ayant déjà fait de plusieurs distances et de différentes hauteurs. Il commença par s'élever de dessus un escabeau, ensuite de dessus une table, puis d'une fenêtre médiocrement haute, d'un second étage, et enfin d'un grenier, d'où il passa par-dessus les maisons de son voisinage, et, s'exerçant ainsi peu à peu, il mit sa machine dans l'état où elle était alors.

Si cet habile ouvrier, dit le *Journal des Savants*, ne porte point cette invention au point de perfection dont chacun se forme l'idée, il n'en est pas moins vrai que ceux qui le suivront lui auront du moins l'obligation d'avoir donné des vues dont les suites pourront peut-être devenir aussi prodigieuses que le sont celles des premiers essais de la navigation, et, bien que les nombreux accidents arrivés jusqu'ici témoignent du risque et de la difficulté qu'il y a de réussir dans cette entreprise, il se pourrait enfin trouver quelqu'un qui serait ou plus habile ou moins malheureux que ceux qui l'ont tentée jusqu'ici.

Le même journal fait mention d'un nommé Bernouin, qui se cassa le cou, en volant à Francfort, en 1673, ce qu'on a vu arriver plusieurs fois à Paris et ailleurs.

BIOT ET GAY LUSSAC. En 1804, ces deux savants furent désignés pour refaire, dans un voyage aérien, les expériences de Robertson à Hambourg. Conté s'était chargé de construire et d'appareiller l'aérostat. Il prit toutes les dispositions pour que ce voyage fût aussi sûr que commode. Aussi, le jour fixé pour l'ascension, nos deux savants n'avaient-ils qu'à se rendre au jardin du Luxembourg et à monter dans la nacelle munis des instruments nécessaires à leurs observations. Cependant, malgré toutes les précautions, ne voilà-t-il pas que l'aérostat s'était trouvé plus tôt prêt que les aéronautes. Ceux-ci crurent pouvoir sans inconvénient le faire attendre; mais les piquets plantés dans un terrain fraîchement remué et humide, car il avait plu pendant la nuit, ne purent résister à la force ascencionnelle de l'aérostat. En sorte que, lorsqu'ils arrivèrent, MM. Biot et Gay Lussac furent tout surpris de ne plus trouver le ballon; il était en l'air, et un grand nombre d'individus couraient après le fugitif; heureusement on put saisir ses lisières et on le ramena sur le sol. L'ascension n'en fut pas moins ajournée; elle eut lieu le 20 août 1804 dans le jardin du Conservatoire des arts et métiers.

BITTORFF. Voilà une victime des montgolfières, et cependant cet aéronaute ne s'était jamais servi que de ballons de ce genre dans le grand nombre d'ascensions qu'il fit et qui toutes avaient été heureuses. Sa dernière ascension eut lieu à Manheim le 17 juillet 1812. Son ballon, qui était en papier, avait seize mètres de diamètre sur vingt de hauteur. Arrivé à une certaine élévation, il s'enflamma, et Bittorff fut précipité sur les dernières maisons de la ville.

BIXIO ET BARRAL. Le 28 juillet 1850, MM. Bixio et Barral renouvelèrent dans le jardin de l'Observatoire une ascension aérostatique qui avait été contrariée par diverses circonstances lors de leur premier essai (1). Un aérostat de grande dimension avait été apporté à sept heures et demie du matin, et M. Dupuis-Delcourt s'était aussitôt empressé de l'emplir avec du gaz hydrogène pur. Un grand nombre de savants et de curieux assistaient à cette expérience, dont le succès faillit encore être compromis à cause du mauvais temps. Une déchirure d'un mètre et demi avait occasionné une fuite de gaz et nécessité d'intelligentes réparations. Enfin, la sérénité de l'atmosphère rétablie, les deux aéronautes montèrent dans la nacelle pourvue de tous les instruments nécessaires à leurs observations. Ils n'avaient pas oublié d'emmener avec eux des pigeons voyageurs qui, en revenant à leurs nids près de l'Observatoire, devaient donner de leurs nouvelles à leurs parents et amis. Un dernier contre-temps fut sur le point d'empêcher tout à fait le voyage aérien. La nacelle s'était accrochée un instant aux arbres d'une belle avenue de tilleuls. L'intrépidité de MM. Bixio et Barral ne s'est pas démentie. En jetant du lest, ils surmontèrent cet obstacle, et un vent d'ouest les emporta dans la direction de Gentilly et de la rive gauche de la Seine, qu'ils traversèrent. Après être restés environ deux heures dans les régions aériennes, les deux voyageurs descendirent près de Château-Thierry et revinrent à Paris en parfaite santé. Dans la séance du 29 juillet,

(1) Il paraît qu'ils avaient failli être asphyxiés.

M. Arago rendit compte à l'Académie des sciences morales et politiques de ce voyage entrepris dans l'intérêt de la science. La découverte faite par les savants aéronautes montre, dit M. Arago, tout ce que la science peut attendre de semblables expéditions quand elles seront confiées, comme cette fois, à des observateurs intrépides, soigneux, exacts et sincères.

BLANCHARD (MADAME). Tout le monde connaît la fin tragique de madame Blanchard. Née le 25 mars 1778, près la Rochelle, dans la Charente-Inférieure, Marie-Madeleine-Sophie Armant avait épousé, très-jeune, l'aéronaute Blanchard, qui en mourant avait dit à sa femme : « Après moi, ma chère amie, tu n'auras d'autre ressource que de te noyer ou de te pendre. » Ce célèbre aéronaute, en effet, après avoir recueilli des millions, était mort dans la misère la plus complète. Madame Blanchard ne suivit pas le conseil de son mari; elle fut mieux inspirée. Comme lui, elle se livra tout entière à l'aérostation, et rétablit sa fortune. Elle fit un très-grand nombre d'ascensions. Souvent il lui arrivait, tant son habitude était grande, de s'endormir pendant la nuit dans son étroite nacelle et d'attendre le jour pour descendre sur terre. En 1812, dans une ascension qu'elle fit à Turin, le froid était si excessif, que les glaçons s'attachaient à ses mains et à son visage. Ces accidents, loin de la rebuter, ne faisaient qu'augmenter son ardeur. En 1817, elle exécutait à Nantes sa cinquante-deuxième ascension, où elle aurait infailliblement péri si l'on n'était pas venu à son secours. En effet, ayant voulu descendre dans la plaine, à quatre lieues de son point de départ, elle était tombée au milieu d'un marais; heureusement pour elle que dans sa chute son ballon s'était accroché aux branches d'un arbre d'où elle fut aussitôt dégagée. Deux ans plus tard un accident plus déplorable encore et dont celui-ci était en quelque sorte comme le présage devait lui coûter la vie. Le 6 juillet 1819, c'était fête à l'ancien Tivoli. Ce magnifique jardin était alors situé dans la rue Saint-Lazare à l'endroit où se trouvent aujourd'hui le chemin de fer de la rive droite, la place de l'Europe et toutes les rues adjacentes. Pour donner au public le spectacle d'un feu d'artifice descendant au milieu des airs, madame Blanchard s'éleva emportant avec elle un parachute muni d'une couronne de flammes de Bengale; puis, pour mettre le feu à son parachute, elle avait placé dans sa nacelle une *lance* tout allumée, sorte de mèche, espèce de feu grégeois que rien ne peut éteindre. Par malheur un faux mouvement mit l'orifice du ballon en contact avec la lance à feu. Aussitôt le gaz dont était rempli le ballon venait de s'enflammer, et la clarté sinistre que répandait ce fanal ambulant se projetait sur les boulevards et sur tout le quartier Montmartre. Tous les spectateurs furent saisis d'effroi. On vit alors distinctement la courageuse aéronaute, quittant précipitamment le parachute et la mèche, se lever et chercher à éteindre l'incendie en comprimant l'orifice du ballon; puis, voyant l'inutilité de ses efforts, s'asseoir dans sa nacelle et attendre. La combustion du gaz hydrogène dura plusieurs minutes. Le ballon s'amoindrissait de plus en plus en descendant toujours, et, si le vent avait continué à souffler de l'est, il est hors de doute que madame Blanchard serait tombée sans accident dans les plaines de Monceaux. Malheureusement le vent avait fraîchi et soufflait du nord-ouest. Le ballon, poussé sur Paris, tomba sur le toit d'une maison de la rue de Provence, au coin de la rue Chauchat. La nacelle glissa sur la pente du toit du côté de la rue. Au moment du choc, on entendit madame Blanchard crier : A moi! Ce furent ses dernières paroles. La fatalité voulut que la nacelle, en glissant sur le toit, rencontrât l'un de ces crampons de fer comme on en met pour le service des couvreurs; elle s'arrêta brusquement, et l'infortunée madame Blanchard fut précipitée, par cette secousse, la tête la première, sur le pavé de la rue. On la releva le crâne fracassé. Il n'existait sur elle aucune trace de brûlure. La nacelle était encore accrochée au toit, et le ballon entièrement vide, avec son filet presque intact, pendait du haut du toit jusque dans la rue. Madame Blanchard était très-petite, mais sa taille bien prise et bien proportionnée n'était pas sans agrément. Elle était extrêmement brune, et son visage était dépourvu de cette douceur, de cette grâce qui constituent principalement dans une femme la beauté; mais sa physionomie était expressive; ses yeux vifs et noirs petillaient de feu, et elle parlait avec animation. Au moment de sa mort, elle avait à peine quarante-un ans.

BORDEAUX. Cette ville eut aussi son ascension. En 1784, Darbelle, Desgranges et Chalfour, s'élevèrent tous trois dans une montgolfière jusqu'à la hauteur de près de 4,000 mètres, et firent voir que rien n'était plus facile que de descendre et de monter à volonté en augmentant ou en diminuant le feu. Ils descendirent, sans accident, à une lieue de leur point de départ.

CABRIOLET VOLANT. C'était dans l'été de 1772. Toute la ville d'Étampes était en émoi. L'abbé Desforges, chanoine de Sainte-Croix, avait annoncé que, ce jour-là, il s'enlèverait dans les airs au moyen d'une voiture volante. A l'heure dite, on vit, en effet, le chanoine installé avec sa machine à ailes sur la tour de Guitel, déjà en ruine à cette époque. Cette machine était une sorte de nacelle ou gondole, longue de sept pieds et large de trois et demi; les ailes, à charnières, étaient fort grandes et fort larges. La gondole pouvait, au besoin, servir de bateau. Tout avait été prévu, suivant le chanoine, et ni l'orage, ni la pluie, ni les vents, ne pouvaient l'arrêter ni le culbuter. Il devait faire trente lieues à l'heure avec cet équipage. Le jour de l'expérience arrivé, le chanoine entra dans sa nacelle, et, au signal du départ, il déploya ses ailes et les fit mouvoir avec une grande vitesse. Mais, rapporte un témoin oculaire, plus il les agitait, plus sa machine semblait presser la terre et vouloir s'identifier avec elle. Cette tendance dit assez que la machine du bon chanoine avait un mouvement diamétralement opposé à l'effet qu'il s'était proposé. Peut-être eût-il réussi s'il en avait changé la direction; mais c'est là une hypothèse, et, en ceci, les hypothèses ont des suites si funestes! La malheureuse tentative du chanoine a donné lieu à la charmante pièce que Cailhava fit jouer à la *Comédie-Italienne* en 1770, et qui a pour titre : *Le Cabriolet volant*. Ce cabriolet volant est une machine dont un mécanicien fait présent à Arlequin pour le délivrer de ses créanciers. Arlequin et son valet Pierrot vont en cabriolet par les airs, et se transportent dans un lieu où il y a une tour, et, dans cette tour, une princesse enfermée, pour la soustraire à un roi qui la demande en mariage. Arlequin, avec le secours de son cabriolet, entre par la fenêtre; il paraît en Mahomet. La fille et le père le révèrent, et n'osent contester sa qualité, surtout après qu'il a tué, du haut de son cabriolet, avec une marmite, le prince ennemi qui assiégeait la tour.

CAISSE VOLANTE. Vous avez lu sans doute les *Mille et un jours*. Eh bien! vous devez y avoir vu la description d'une sorte de caisse inventée par un musulman, et à l'aide de laquelle il lui était facile de parcourir la vaste étendue de l'air. Un jour qu'il s'ennuyait et qu'il avait besoin de distraction, il s'en va, monté sur son char aérien, visiter la fille d'un roi de Perse. Assurément ce ne pouvait être un simple mortel qui fit usage d'un pareil véhicule; ce devait être, pour le moins, le prophète en personne. Aussi, la jeune fille, qui le prend pour Mahomet, voulut-elle le présenter sur-le-champ à son père. Ce dernier se trouva infiniment flatté d'une si *haute* alliance pour sa fille. Malheureusement, comme tous les inventeurs, le musulman voulut faire jouir son futur beau-père et sa fiancée d'une apparition flamboyante. Le jour des noces donc tout était prêt, et la foule, qui était immense, se réjouissait d'avance de voir une expérience aussi curieuse ... Notre homme monte dans son char, mais à peine a-t-il roulé quelques minutes, que ne voilà-t-il pas qu'un des pétards met le feu à la caisse, qui se consume aussitôt et jette irrévérencieusement notre pauvre prophète sur le pavé.

CALAIS. Que de systèmes mécaniques n'a-t-on pas imaginés pour vaincre la résistance de l'air et arriver par là à gouverner la marche des ballons? Malheureusement la plupart de ces beaux projets n'ont guère abouti qu'aux échecs les plus déplorables. C'est ce qui arriva en 1801 à un certain Calais, qui fit au jardin Marbeuf une expérience aussi ridicule que malheureuse sur la direction des ballons.

CHAR DE FEU. Simon, le *mécanicien*, appelé par les disciples de Jésus-Christ, Simon le *magicien*, était de Gitton, bourg de Samarie. Les Samaritains, qui le regardaient comme un être d'une nature supérieure, le nommèrent *la grande vertu de Dieu*. Alarmés des succès que cet imposteur obtenait à Rome au temps de Néron, vers l'an 66 de notre ère, saint Pierre et saint Paul se rendirent dans la ville des empereurs pour opposer leurs prédications à celles de ce faux apôtre. Simon, pour donner une preuve éclatante de sa puissance, prit l'engagement de s'élever en l'air dans un char de feu. Tout le peuple s'assembla pour être témoin d'un spectacle aussi extraordinaire, et Simon s'éleva aussitôt, mais il tomba et mourut des suites de sa chute. Suivant Arnobe, Simon se cassa seulement les jambes; mais il ne put survivre à la honte et à la douleur, et se jeta par la fenêtre de la maison où ses disciples l'avaient transporté. Il parait que c'est à la prière des saints apôtres Pierre et Paul que l'effet de ce prodige dut son insuccès.

CHAT ENLEVÉ (Le). Le 15 février 1784, à trois heures, M. Gellard de Chastelais fit élever un aérostat de papier. La raréfaction de l'air fut produite par la combustion d'un papier roulé, et d'une éponge au centre, le tout imbibé d'huile, d'esprit-de-vin et de graisse. On attacha à cette machine une cage qui portait un chat. En trente-cinq minutes, elle monta si haut, qu'elle ne présentait plus que l'apparence d'une très-petite étoile. A cinq heures on la trouva sur quelques arbres, à la distance de quarante-cinq ou quarante-huit milles de Mâcon, lieu d'où elle s'était élevée, de sorte qu'elle fit environ vingt-trois milles par heure. Le chat était mort, mais personne n'en put deviner la cause.

CHEVAUX (Aérostat mu par des). Un savant physicien, frère de madame Campan, établi aux Etats-Unis, avait inventé une machine aérostatique dirigeable, pour laquelle il avait pris un brevet du gouvernement américain. Cette machine, d'une forme ovoïde et allongée dans le sens horizontal, était armée de roues, d'aubes ou palettes, de tranche-air, d'ailes fermées, etc., et présentait une longueur de cent cinquante pieds (anglais) sur quarante-six de large et cinquante-quatre de hauteur, et venait se rattacher, s'appuyer pour ainsi dire, sur une plate-forme résistante et solide. Le moyen mécanique dont il faisait usage était un manége mû par des chevaux; il embarquait dans l'appareil les matières nécessaires à la production du gaz hydrogène. Ce projet n'a pas été mis, que nous sachions, à exécution. Dès 1784, ce physicien avait proposé l'emploi de la vapeur comme puissance tractionnelle pouvant être appliquée au véhicule ascendant que les frères Montgolfier venaient alors de découvrir.

COCKING. Si quelques événements funestes viennent grossir le martyrologe de l'aérostation, ils ne sauraient guère, la plupart du temps, s'attribuer qu'à la témérité ou à l'impéritie des opérateurs. M. Cocking, par exemple, était un amateur anglais qui, après être monté deux fois seulement dans le ballon de M. Green, s'était mis dans la tête de faire du neuf, à quelque prix que ce fût. Il créa donc un nouveau parachute, avec lequel il devait faire des merveilles. Malheureusement, M. Green ajouta foi à sa prétendue découverte, et il eut le tort plus grand encore de se prêter à l'expérience. Et, cependant, il était facile de voir que le projet de M. Cocking était tout bonnement une folie. Vous allez en juger. Tout le monde sait que le parachute ordinaire, véritable parasol, est une surface concave opposant à l'air une résistance calculée de telle manière que le corps pesant soutenu par cette machine descend à terre aussi doucement que la plume la plus légère abandonnée aux vents. Mais loin de ce procédé si simple et si sûr! M. Cocking l'avait trouvé trop vulgaire, et, dans sa fureur d'innovation quand même, il avait tout d'abord changé la forme éprouvée, raisonnée et raisonnable du parachute. Prenant tout le contre-pied de cette disposition, il renversait le parasol, en sorte que la concavité, au lieu de regarder la terre, était tournée vers le ciel; c'était un cône renversé, une sorte de vis aérienne, de tarière, c'est-à-dire une merveilleuse invention pour accélérer la chute, au lieu de la ralentir. C'est ce qui arriva en effet. Dans une ascension faite au Wauxhall de Londres le 27 septembre 1836, M. Green s'était embarqué tenant M. Cocking et son déplorable appareil suspendus par un fil à son ballon; puis, à une hauteur de 1,200 mètres, M. Green coupa la ficelle, et, pendant qu'il continuait son voyage en s'élevant de plus en plus dans les régions de l'air, il put considérer avec effroi la chute du malheureux qu'il venait de lancer dans l'éternité. La descente fut tellement rapide, que la vitesse moyenne dut être de près de 20 mètres par seconde. En une minute et de-

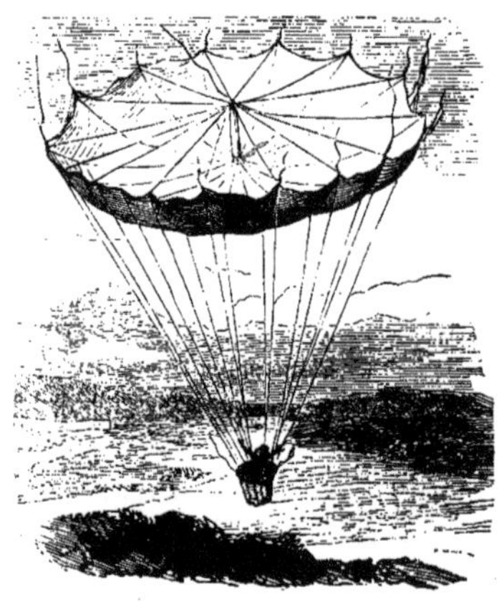

mie, M. Cocking fut précipité à terre, d'où on le releva broyé.

COUP D'ÉPÉE (Un). Les aérostats venaient d'être inventés. Blanchard, qui, malgré ses efforts infructueux, ne s'était pas découragé, revint sur le tapis. Il se flattait de diriger les ballons en y adaptant sa voiture aérienne; mais, comme il avait déjà promis tant de choses qu'il n'avait pu réaliser, on n'avait qu'une médiocre confiance en lui. Cependant il fut autorisé à ouvrir une souscription à trois francs le billet, et cette souscription avait produit cinquante mille francs. Il avait donc fait construire un ballon à gaz hydrogène, auquel il avait jugé convenable d'adapter les rames et le mécanisme qui faisaient mouvoir son bateau volant. Le mardi 2 mars 1784, tout était prêt au Champ-de-Mars pour son ascension. Il devait, à une certaine hauteur, couper les cordes du ballon, le laisser aller au gré du vent et manœuvrer avec ses ailes et son gouvernail, soutenu par un parachute en forme de grand parasol. Il monta dans la nacelle, ayant à ses côtés un moine, le physicien Dom Pech, petit homme maigre et fluet comme lui. Aussitôt on coupa les cordes, mais le ballon ne s'éleva guère au delà de cinq mètres; il s'était troué pendant les manœuvres; et le poids qu'il devait entraîner était trop lourd pour son volume. Il tomba rudement à terre, et la nacelle éprouva un choc des plus violents. Le bon père jugea prudent de quitter la place. Blanchard répara promptement le dommage, et déjà il s'était rembarqué et s'apprêtait à repartir seul, quand un jeune homme, perçant la foule, se jette tout à coup dans la nacelle, et veut absolument partir avec lui. Blanchard avait beau s'y opposer: remontrances, prières, tout était inutile. — « Le roi me l'a permis, » criait l'obstiné. Contrarié de ce contre-temps et voulant y mettre fin, Blanchard saisit le jeune homme au corps pour le précipiter de la nacelle, mais celui-ci tire son épée, fond sur lui et le blesse au poignet. On se saisit enfin de ce furieux, que l'on conduit en prison, et Blanchard put enfin s'élancer. On a prétendu que ce jeune homme n'était autre que Bonaparte, alors élève de l'École militaire; mais, dans ses *Mémoires*, Napoléon a pris soin de démentir ce fait : le jeune enthousiaste était un de ses camarades, nommé Dupont, élève, comme lui, de l'École militaire. Blanchard s'éleva au-dessus de Passy, et, à l'aide de son seul gouvernail, il fit des évolutions incroyables; il alla, revint, passa et repassa la rivière. Cinq quarts d'heure après il vint descendre dans la plaine de Billancourt, près de la manufacture de Sèvres. Il se vanta d'être monté 4,000 mètres plus haut qu'aucun des aéronautes qui l'avaient précédé, et d'avoir navigué contre les vents à l'aide de son gouvernail et de ses rames; mais les physiciens, qui avaient observé son aérostat, démentirent son assertion, et publièrent que les variations de sa marche devaient être uniquement attribuées aux courants d'air qu'il avait rencontrés. Comme il avait écrit sur les banderoles de son ballon et sur les billets d'entrée cette devise fastueuse de Virgile : *Sic itur ad astra*, on lança contre lui cette épigramme :

Au Champ-de-Mars il s'envola,
Au champ voisin il resta là;
Beaucoup d'argent il ramassa;
Messieurs, *sic itur ad astra.*

CUIVRE (Ballon de). Meusnier, le comte de Milly, Scott, Pauly, etc., ne pouvaient guère songer de leur temps à l'application du métal aux machines aérostatiques. A l'époque à laquelle remontent leurs travaux on ne connaissait pas encore les moyens d'étendre et de ductiliser le fer et le cuivre, comme on l'a fait depuis. Guyton-Morveau, voulant, dès 1783, calculer ce que serait un ballon en cuivre, arrivait à cette conclusion, qu'il était dès lors possible de l'établir, mais très-désavantageusement, en raison du poids énorme dont aurait été la machine et de son haut prix de revient. Ces difficultés n'ont pas arrêté un de nos aéronautes modernes les plus distingués. En 1834, M. Dupuis-Delcourt, auquel on doit un excellent Manuel de l'aérostation, fit construire un superbe ballon de forme sphérique, de dix mètres de diamètre, complétement en cuivre, et qui offrait l'imposant spectacle d'une surface métallique de trois cent cinquante mètres carrés. Cette machine a eu le plus triste sort, et grand a été le chagrin de l'inventeur, quand il lui a fallu s'en séparer Mais laissons-le parler lui-même. « Le ballon de cuivre, établi avec une économie mal entendue, et dans de bien mauvaises conditions sous tous les rapports, pouvait cependant fournir sa carrière, si on nous avait laissé à lui et à moi le champ libre. Rempli une seule fois et d'une manière fort incomplète de gaz hydrogène, il n'est pas sorti de la tente qui le recélait. Cependant je l'aimais, ce ballon; il m'avait coûté tant de peine; j'avais passé tant de nuits à le veiller, lorsqu'on le retenait dans les langes d'une routine aveugle; quand j'étais obligé, par la position boiteuse que mon amour pour les ballons m'avait fait accepter, de le soumettre moi-même au régime qui l'a tué! » Le 27 août 1843, à quatre heures du matin, M. Dupuis-Delcourt faisait sortir son ballon de cuivre des ateliers de l'impasse du Maine où tout Paris avait été admis à le voir, et transportait cette gigantesque machine à la fonderie de la ville de Paris. Le ballon, rendu à la fonderie du Roule, subit

Degben s'envolant. — Page 11.

en quelque sorte l'influence de ce tombeau anticipé. Il devait succomber. Et en effet le 12 janvier 1845, M. Dupuis-Delcourt vendait son ballon pour en opérer la fonte sans pouvoir en faire aucun autre usage. Il pesait trois cent dix kilogrammes. Malgré cet insuccès, M. Dupuis-Delcourt n'en est pas moins persuadé que la navigation dans l'air, à l'instar de celle sur les eaux, finira par employer pour ses constructions les métaux. Le simple globe de soie, la nacelle en osier, sont, il est vrai, bien insuffisants pour passer sans danger les mers et faire un séjour prolongé dans l'atmosphère.

CYRANO DE BERGERAC. C'était un singulier homme que Cyrano de Bergerac!.... Enfant, il persécute la bonne du pauvre curé de campagne chez lequel il faisait ses études; il estropie plusieurs enfants du village : puis, ses études faites, et à peine enrégimenté, il n'est plus question que de ses duels et de ses aventures. Une journée sans combat était pour lui ce qu'était autrefois un jour sans bienfait pour Titus, *une journée perdue*. Quand il ne trouvait pas à se battre pour son propre compte, il se battait pour celui des autres. Il était difficile, en effet, de saisir avec plus d'empressement que ne le faisait Cyrano toutes les occasions de mettre flamberge au vent, et de prêter avec plus d'habileté aux intentions les moins offensives toute la gravité de l'offense : il était à la piste d'un mot équivoque, d'un sourire hasardé, et malheur à celui qui osait considérer son nez, que des balafres innombrables avaient monstrueusement outragé! On sent qu'avec une humeur aussi hargneuse les occasions de se battre ne devaient pas lui manquer... Mais ce n'est pas sous ce rapport que nous avons à le considérer. Outre son métier de duelliste, Cyrano était poëte, et, malgré la critique de

Boileau, il a été le précurseur de Corneille et de Molière, et, comme écrivain, on a de lui un *Voyage dans la lune*

et une *Histoire comique des États et empires du soleil*, dont Fontenelle dans ses *Mondes*, Voltaire dans *Micromégas*, et Swift dans les *Voyages de Gulliver*, se sont approprié plusieurs idées.

Son imagination brillante, bizarre et fantastique, a répandu un aimable enjouement sur ses récits. Sous l'empreinte du badinage, il a bien vu et beaucoup mieux que la plupart de ceux qui ont raisonné le plus gravement. Il peut n'y avoir attaché aucune conséquence; il n'a fait et n'a voulu faire qu'un roman, mais ce roman est rempli de grandes vérités.

Cyrano est curieux de voyager dans la lune. Il attache, pour cet effet, autour de son corps, quantité de fioles pleines de rosée. Le soleil les attire par ses rayons, en l'élevant au-dessus des nuées et de la moyenne région de l'air; il casse successivement plusieurs de ces fioles, et redescend peu à peu à terre. Arrivé dans le Canada, il y construit une machine à rouages et s'élève de nouveau, mais il retombe et se meurtrit le corps. Après s'être enduit de moelle de bœuf, il retourne au lieu où il avait laissé la machine. Des soldats s'en étaient emparés et l'avaient garnie de fusées. Cyrano accourt pour les empêcher d'y mettre le feu, et s'élance dedans. Les fusées partent et l'enlèvent; lorsqu'il n'en reste plus, la machine l'abandonne et retombe: mais il continue sa route, parce que la lune se trouvait dans son décours, temps auquel elle suce la moelle des animaux. Elle buvait donc celle qui était autour de lui en l'attirant. Il tombe sur elle les pieds en haut.

Il se trouve dans un lieu délicieux, où il fait la rencontre d'un jeune adolescent d'une beauté ravissante qui lui apprend des choses merveilleuses. Il lui parle entre autres d'un personnage qui était passé autrefois de la terre à la lune, révolté des effets de l'ambition des hommes, qui s'égorgeaient pour le partage de ce monde. Personne avant lui n'en avait connu les chemins, mais son imagination y avait suppléé. « Car, comme il eut observé, il remplit deux grands vases qu'il luta hermétiquement, et se les attacha sous les ailes: *la fumée aussitôt qui tendait à s'élever, et qui ne pouvait pénétrer le métal, poussa les vases en haut*, qui enlevèrent de la sorte ce grand homme. Il quitta ses *nageoires* à quatre toises au-dessus de la lune. L'élévation était cependant assez grande pour le beaucoup blesser, mais le grand tour de sa robe, où le vent s'engouffra, le soutint doucement jusqu'à ce qu'il eût mis pied à terre. Les deux vases montèrent jusqu'à un certain espace où ils sont demeurés, et c'est ce qu'on appelle aujourd'hui les *balances*. »

Le prétendu jeune homme qui entretenait Cyrano avait quelque mille ans. Il était originaire du soleil, et il connaissait notre terre. Il avait préféré le séjour de la lune, parce que les hommes y sont amateurs de la vérité, qu'on n'y voit point de pédants, que les philosophes ne s'y laissent persuader que par la raison, et que l'autorité d'un savant ni le plus grand nombre ne l'emportent point sur l'opinion d'un batteur en grange, quand il raisonne bien; en un mot, on n'y compte pour insensés que les sophistes et les orateurs. Voici la manière dont cet être singulier ou ce démon était parvenu à la lune. Il avait pris et mis deux pieds carrés d'aimant dans un fourneau. Lorsqu'il fut bien purgé, précipité et dissous, il en tira l'attractif calciné et le réduisit à la grosseur d'une balle médiocre. Le démon construisit ensuite une machine de fer, fort légère, il jeta sa boule fort haut en l'air et répéta continuellement ce jeu; la boule lui revenait toujours, parce que l'attraction la rendait inséparable de sa cage. L'acier de cette maison volante, poli avec beaucoup de soin, réfléchissait de tous côtés une lumière si brillante, qu'il croyait lui-même être tout en feu. Aux approches de la lune, il jeta sa boule en différents sens pour ralentir la chute, et il réussit à la rendre aussi douce que s'il ne fût tombé que de sa hauteur.

Cyrano parcourut l'empire de la lune avec son démon, il réfléchit ensuite que les riches enfants de Paris font une fois en leur vie le voyage de Rome, et il voulut les imiter. Il pria le démon de le ramener sur la terre et de l'y conduire. Il y consentit, le prit serré dans ses bras, et lui fit faire ce trajet en un jour et demi; après quoi il disparut.

Plus on a vu, plus on veut voir. Cyrano conçut le projet de visiter le soleil. Il avait tant d'obligation à son démon, qu'il était naturel de connaître le lieu de sa naissance, pays où les habitants vivent sept ou huit mille ans. Il charpenta, rabota, colla, et enfin construisit une nouvelle machine. C'était une grande boite fort légère, haute de six pieds, large de trois, qui fermait très-juste. Elle avait deux trous, l'un au haut, l'autre au bas; il posa à celui de dessus un vase ou plutôt une boule de cristal à facettes, à plusieurs angles en forme d'icosaèdre, trouée de même, faite en globe et très-ample, dont le goulot aboutissait et s'enchâssait dans le trou du chapiteau. Ainsi, chaque facette étant convexe et concave, cette boule devait produire l'effet d'un miroir ardent.

Cyrano exposa cette boite au sommet de la tour de la prison où il était resserré. On n'a pas été à la lune, sans être soupçonné d'être sorcier, et il était poursuivi comme tel. Il s'y renferma, et, après une heure d'attente, le soleil, débarrassé de nuages, éclairant la machine, l'icosaèdre transparent en recevait les rayons à travers ses facettes, et répandait sa lumière dans la cellule par le bocal. La splendeur s'affaiblissait, parce que les rayons se rompaient plusieurs fois, et cette vigueur de clarté tempérée convertissait la châsse en un petit ciel de pourpre émaillé d'or.

Dans l'extase où la beauté d'un coloris si varié jeta Cyrano, il se sentit enlevé, et il s'aperçut, par le trou du plancher de sa boite, que la terre s'éloignait avec beaucoup de vitesse. Le soleil, battant vigoureusement sur les miroirs concaves, réunissait ses rayons dans le milieu du vase, et chassait par son ardeur l'air dont il était plein, par le noyau d'en haut. La nature détruisait le vide à mesure qu'il se formait, et l'éther, entrant avec violence dans la machine par le trou d'en bas, lui servait d'agent et le poussait sans cesse.

Cyrano conte ensuite tout ce qu'il a vu dans le soleil. Il y trouve Campanella, fameux dominicain calabrois, et ils ne se quittèrent plus. Dans un de leurs voyages, ils furent conduits à travers les airs par un condor, oiseau d'une grosseur énorme, qui les traîna au royaume des philosophes; ils y rencontrent Descartes, avec qui ils entrent en conversation sur l'art de deviner. Il était difficile de s'en bien tirer; aussi notre auteur, embarrassé sans doute, nous laisse-t-il là, terminant son récit sans parler même de son retour sur la terre.

Cyrano a répandu l'ironie à pleines mains sur la plupart des systèmes connus de son temps. Il s'attachait surtout à déprimer par ses railleries piquantes les faux savants et les pédants, et à atténuer les erreurs auxquelles le vulgaire était livré. Ce que nous avons extrait de lui sur le vol en est un témoignage non équivoque. Les fioles de rosée, la machine à rouages, les fusées, les grands vases scellés hermétiquement, la cage de fer avec sa boule d'aimant, le condor, avaient été proposés sérieusement; la puissance du démon, la moelle de bœuf, etc., ridiculisaient la crédulité du peuple sur l'existence des sorciers et des fausses influences de la lune. Cependant l'imagination de Cyrano a le pressentiment que ces moyens puérils ou inefficaces ont besoin d'un agent; il s'efforce de leur donner une teinte de vraisemblance.

Pour cet effet, lorsqu'il parle de ce personnage qui s'est fait enlever par deux vases, il dit d'abord qu'*après avoir observé*, etc. Cette réticence adroite décèle son embarras sur l'espèce d'agent qu'il doit donner à ces vases. Il ajoute ensuite qu'ils étaient *poussés par la fumée*. On remarque par là qu'il prévoyait l'utilité des effets du feu, mais qu'il ne savait pas prescrire de quelle manière son emploi pourrait être praticable. Le moyen dont Cyrano fait ensuite usage pour faire le voyage du soleil est encore bien plus ingénieux. Quelque absurde, quelque mal combiné qu'il soit, quelque écart de la raison qu'on y observe, on conviendra aisément qu'il est fondé sur une excellente théorie, celle de la raréfaction. Cette raréfaction y est continue, et le principe qui la produit ne se ralentit pas. C'est à la considération particulière de ce principe, actif par lui-même, qu'il faut avoir égard seulement, pour se convaincre que Cyrano a été plus loin que ceux qui l'avaient précédé et qui l'ont suivi, jusqu'au jour où l'efficacité et l'usage de ce principe ont été démontrés par la plus belle application et par les expériences les plus surprenantes. « J'ajoute de plus, dit Bourgeois, afin qu'on n'ait pas de fausses idées du motif qui m'a engagé à insister sur l'espèce de théorie de Cyrano, qu'Etienne Montgolfier m'a fort recommandé cet auteur singulier. N'oubliez pas d'en parler, m'a-t-il dit plusieurs fois; c'est celui qui a vu le mieux. »

DANSEUR DE CORDE (LE). Une tradition rapporte que, sous le règne de Louis XIV, un nommé Allard, dont la profession était de danser sur la corde, annonça qu'il ferait, un certain jour, une expérience de vol. La cour se trouvait alors à Saint-Germain-en-Laye. Ce fut le théâtre qu'il choisit pour son expérience. Il devait partir de la terrasse, et se rendre par la voie de l'air jusqu'au milieu du bois du Vésinet. Il se mit des ailes et s'élança du haut de la terrasse; mais, ses ailes lui faisant défaut, il tomba presque aussitôt et ne se releva que tout éclopé. C'est alors qu'il apprit qu'il était encore moins dangereux de danser sur la corde.

DANTE. Un des hommes qui aurait le mieux réussi à fabriquer de bonnes ailes et à s'en servir serait Jean-Baptiste Dante, mathématicien de Pérouse, qui florissait vers la fin du seizième siècle, car c'est à l'occasion des fêtes du mariage de Barthelemi Alviano avec la sœur de Jean-Paul Baglioni que, s'élançant de la tour la plus élevée de la ville de Pérouse, il traversa la place et se balança longtemps en l'air au moyen de deux grandes ailes mécaniques de son invention, et aux acclamations de la multitude. Malheureusement, le fer qui dirigeait son aile gauche s'étant rompu, il tomba sur l'église de Notre-Dame et se cassa une jambe. Après sa guérison, il alla enseigner les mathématiques à Venise, où il mourut de la fièvre avant l'âge de quarante ans. Il avait fait, précédemment, plusieurs essais de ses ailes, et avait même, dit-on, traversé ainsi le lac de Pérouse.

DÉDALE ET ICARE. La Fable nous les présente comme ayant les premiers tenté de s'élever dans les airs. C'était un habile homme que ce Dédale. Tout à la fois statuaire, architecte et mécanicien, il n'est pas de jour que ses admirables inventions ne le rappellent à la reconnaissance des hommes, car c'est à lui qu'on doit la hache, le vilebrequin, le niveau, la colle forte, etc. Comme la plupart des hommes de génie, sa vie fut errante et agitée. Son neveu et son disciple Attalus venait d'inventer la scie, le compas, etc. C'était un génie bien précoce, car il n'avait que douze ans! Malheureusement, une noire jalousie s'empara du cœur de l'oncle, et un jour le corps de ce jeune artiste fut trouvé sans vie et brisé sur les rocs, au pied de la citadelle. Dédale assura que son neveu était tombé par imprudence du haut de la forteresse. L'aréopage ne le crut pas; accusé de ce meurtre, il fut condamné à mort; d'autres disent à l'exil. Dédale n'attendit pas le jugement, et, après s'être quelque temps caché dans une bourgade, pour plus de sûreté, il s'enfuit en Crète. Minos y régnait alors; il accueillit avec transport ce grand artiste. Cependant, quelque temps après, Minos, irrité de la part que Dédale avait prise aux égarements de Pasiphaé, le fit enfermer avec Icare, son fils, dans le fameux labyrinthe que lui-même avait construit. Dédale s'ennuyait passablement dans cette prison. Mais comment faire pour en sortir? Un homme aussi ingénieux ne pouvait être embarrassé. « La terre et les ondes s'opposent à notre fuite, dit-il; mais le ciel est ouvert... Eh bien! nous irons par ce chemin. » Le moyen fut bientôt trouvé. Il fabriqua deux bonnes paires d'ailes, une pour lui, et l'autre pour Icare. Les plumes qui les composaient étaient jointes avec de la cire. Tous deux se les attachèrent aux épaules, et les voilà qui prennent leur essor dans les airs, en se dirigeant vers le nord. Qui fut bien penaud? C'est ce pauvre Minos; il ne pouvait en croire ses yeux. Icare volait devant, et Dédale derrière pour le guider. Rien n'était plus facile à Icare que d'atteindre sain et sauf le terme du voyage; mais vous savez combien la jeunesse est étourdie. Malgré les recommandations paternelles, le jeune imprudent vola trop près du soleil; la chaleur de l'astre-roi fit fondre la cire, et il tomba, précipité des nues, dans la mer Egée, sur les côtes de laquelle les flots amenèrent son cadavre, et qui depuis porta son nom. Quant à Dédale, il fut plus heureux. Poursuivant son vol régulièrement et à des hauteurs modérées, il descendit en Sicanie (la Sicile), sa patrie, fatigué qu'il était de son voyage aérien.

N'allez pas croire au moins que ceci soit un conte fait à plaisir. Virgile, habile à saisir toutes les légendes anciennes, confirme ce fait dans ce passage de l'*Enéide:* « Dédale, comme le publie la renommée, fuyant l'île où régnait Minos, osa, sur des ailes rapides, se fier aux plaines du ciel; il vogua par des routes inconnues (et il aurait pu ajouter non frayées) vers l'étoile de l'ourse glacée, et s'abattit enfin sur la citadelle de la nouvelle Chalcis; c'est là, ô Phébus! qu'il déposa l'aviron de ses ailes, qu'il te les consacra et qu'il t'éleva un temple. »

Mais voyez jusqu'où peuvent aller l'ingratitude et la jalousie! Les mécaniciens et célèbres inventeurs des temps modernes, voulant se réserver la gloire d'une aussi belle invention, prétendent que les ailes de Dédale n'étaient autre chose que des voiles!... oui, des voiles qu'il avait adaptées à son vaisseau, et que, par conséquent, il lui avait été facile, à l'aide de ces voiles, de s'éloigner de la Crète avec la rapidité de l'oiseau. Ils n'ont pas été plus embarrassés à l'endroit du jeune Dédalide. Ils ont expliqué le mythe d'Icare, tantôt par l'extrême précipitation d'un navigateur qui, débarquant dans une île, se laissa tomber du haut de l'apobathre dans la mer et s'y noya, tantôt par l'habileté que Dédale mit à faire usage des voiles, tandis que son fils fit naufrage pour n'avoir pas su en tirer parti. A ce compte, nos deux oiseaux humains ne seraient plus que de simples navigateurs. Pauvre Icare! il est devenu le symbole de la témérité, qui tourne contre elle-même les expédients les plus utiles, et qui n'a jamais plus de plaisir que lorsqu'elle joue avec le danger. Nous verrons son exemple trouver de nombreux imitateurs.

DEGEN ou DEGHEN. La magnifique découverte des frères Montgolfier avait ouvert à l'homme les routes de l'air, et déjà de nombreux voyageurs avaient parcouru les plaines de l'atmosphère; mais cette navigation hardie n'avait été jusque-là qu'un spectacle imposant et inutile. L'impossibilité de se diriger avait fait échouer les plus habiles combinaisons, et l'on désespérait de tout succès, lorsque, vers **1808** ou **1809**, on lut dans une feuille allemande la nouvelle suivante : « M. Jacques Degen, habile horloger de Vienne, vient de s'élever dans l'air comme un oiseau, par un procédé de son invention. Il s'applique deux ailes artificielles faites de petits morceaux de papier joints ensemble avec de la soie la plus fine. En battant de ces ailes, il s'élève avec beaucoup de rapidité, et dans une direction soit perpendiculaire, soit oblique, jusqu'à la hauteur de 54 pieds. Son expérience, qui eut lieu devant une société nombreuse, lui valut les plus vifs applaudissements. » Tous les journaux reproduisirent à l'envi cette fastueuse annonce, véritable canard de l'époque, et un savant de Leipsick, M. Zacharia, fit à ce sujet une dissertation dans toutes les formes. Seulement ce savant regrette fort qu'un événement de cette nature et de cette importance ne soit pas constaté d'une manière plus authentique. Et il faut avouer qu'il n'avait pas tort, car, s'il suffisait d'un ouï-dire, d'un bruit douteux, l'art de voler aurait déjà été inventé à plusieurs reprises. Malheureusement, il faut croire que tous ces beaux secrets que l'on cite se sont perdus, puisqu'il n'y a pas encore aujourd'hui d'homme qui vole... dans les airs. Cela tient, sans doute, à ce que notre siècle est moins crédule. Ce M. Degen s'est élevé, nous voulons le croire, mais pourquoi oublie-t-on de nous dire quel jour et à quelle heure? La société était nombreuse, c'est possible; encore faudrait-il nommer quelques-unes des personnes qui assistaient à cette expérience. Cette précaution, ce nous semble, n'était pas inutile, car on sait qu'il est facile de se procurer des spectateurs qui voient tout ce que l'on veut.

Mais si cet honnête horloger allemand avait assez bien réussi dans son pays, il n'en a pas été de même chez nous, à Paris, où il était venu faire quelques tentatives de vol aérien. Comme il réglait la marche du temps, il s'était imaginé qu'il pouvait aussi asservir l'espace, et se mit à combiner divers ressorts qui, appliqués aux ailes d'un petit ballon, devaient triompher de la résistance de l'air.

Le système qu'il employait était une sorte de combinaison du cerf-volant avec l'aérostat, un plan incliné qui, se portant à droite ou à gauche au moyen d'un gouvernail, devait offrir à l'air une résistance, et à l'aéronaute un centre d'action. L'expérience tentée au Champ-de-Mars trompa complétement son attente. Le pauvre aéronaute fut roué de coups, et, par-dessus le marché, bafoué et chansonné. Quelles jolies choses les feuilletonistes n'ont-ils pas dites! et combien était amusant Brunet, au théâtre des Variétés, jouant le rôle de *Vol au vent* dans la pièce du *Pâtissier d'Asnières*.

DIJON (Aérostat de l'Académie de). Pendant les deux années qui suivirent la découverte des aérostats, le zèle des aéronautes et des savants ne se ralentissait pas. Chaque jour, pour ainsi dire, était marqué par une expérience nouvelle. Parmi les expériences les plus dignes d'intérêt, nous devons noter surtout les nombreuses ascensions faites avec l'érostat à gaz inflammable construit par les soins de l'Académie de Dijon, et monté à diverses reprises, dans le courant d'avril 1784, par Guyton de Morveau, l'abbé Bertrand et M. de Virly. La science aérostatique dut à ces essais plusieurs résultats utiles. Guyton de Morveau, qui avait entrevu la possibilité de diriger les aérostats, entreprit dans ce but la construction d'une nouvelle machine pourvue de quatre rames mises en mouvement par un mécanisme. Malheureusement son but ne fut pas atteint. Au moment du départ, un violent coup de vent endommagea l'appareil et mit deux rames hors de service. Guyton assura cependant avoir produit avec les deux rames qui lui restaient un effet très-sensible sur les mouvements du ballon, qui s'éleva à une hauteur d'environ 13,000 pieds. On continua ces expériences pendant longtemps, et l'Académie de Dijon y dépensa beaucoup d'argent. Mais on finit par reconnaître qu'on s'attaquait à un problème insoluble, et on y renonça.

DON QUICHOTTE DE LA MANCHE. De tous les faits qui se rattachent à l'histoire des ballons, il n'en est peut-être pas d'aussi curieux que celui du passage de la Manche par Blanchard. Ce célèbre aéronaute, trouvant peu d'encouragements en France, s'était rendu en Angleterre et avait fait à Londres une nouvelle ascension avec des ailes perfectionnées, et pour laquelle les billets d'entrée avaient été payés six et douze francs. Ayant annoncé le projet de traverser la Manche en ballon, il avait trouvé un rival dans Pilatre des Rosiers, qui, jaloux de son succès et fort de quelques protections à Paris, entreprit de le précéder dans ce voyage. Mais, tandis que Pilatre faisait construire à grands frais deux ballons à Boulogne, et n'at-

Ballon de l'Académie de Dijon.

tendait plus qu'un vent favorable pour passer en Angleterre, voilà Blanchard qui, plus actif et plus heureux, met son projet à exécution. En effet, le 7 janvier 1785, Blanchard, trouvant un bon vent, s'éleva de Douvre avec le docteur Jefferies, et descendit, en moins de trois heures, sans accident, à une lieue de Calais, au delà de la forêt de Guines. Pendant la traversée, le ballon avait un peu baissé vers la mer, et cela n'avait pas peu inquiété les habitants de Douvre, qui suivaient l'aérostat les yeux braqués sur leurs lunettes. Quant aux habitants de Calais, qui avaient été prévenus par les guetteurs de nuit, c'était bien une autre joie, et il fallait les voir regarder avec une curiosité mêlée d'étonnement ce gros corps noirâtre qui s'avançait vers la côte et qu'ils reconnaissaient pour le ballon annoncé depuis longtemps. Nos aéronautes ne furent pas sans courir les plus grands dangers. Pour alléger le ballon, ils avaient été obligés de jeter à la mer leur lest, leurs livres, leurs provisions, leurs habits et jusqu'à l'ancre qui devait fixer la machine à terre. Accrochés dans les cordages, ils avaient été au moment de couper la nacelle. On dit même que le docteur américain sacrifia son pavillon et déclara à son compagnon qu'il était prêt à se précipiter, s'il le croyait nécessaire. A leur arrivée ils furent reçus par M. d'Honinclam fils, qui les conduisit dans son château. Après souper, les voyageurs furent amenés à Calais, dans une voiture à six chevaux qui leur avait été envoyée par les officiers municipaux, et, quoiqu'il fût deux heures du matin la foule ne s'en pressait pas moins sur leur passage en criant : *Vivent les voyageurs aériens!* Le lendemain, à la pointe du jour, le pavillon français flottait devant la maison où ils avaient couché, et le drapeau de la ville fut hissé sur les tours ; on fit plusieurs décharges de canon et toutes les cloches des

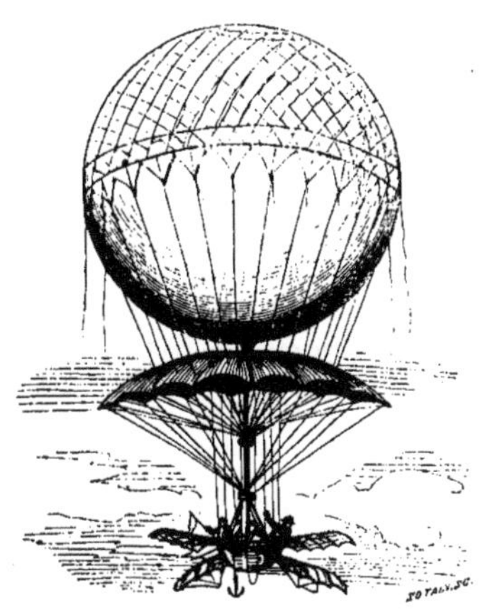

paroisses furent sonnées en carillon ; puis le corps municipal et les officiers de la garnison vinrent les féliciter. A la suite d'un dîner qui leur fut offert à l'hôtel de ville, le maire présenta à Blanchard une boite d'or sur laquelle était gravé un ballon et contenant des lettres qui lui accordaient le titre de *citoyen de Calais*. De pareilles lettres furent offertes au docteur Jefferies, qui, en sa qualité d'étranger, ne crut pas devoir accepter. Enfin, pour mettre le comble à la gloire des voyageurs, le corps de ville leur demanda de laisser leur ballon pour être déposé dans l'église cathédrale de Calais, comme jadis en Espagne le vaisseau de Christophe Colomb. Les magistrats donnèrent à Blanchard trois mille francs de gratification et une pension de six cents francs. Il fut arrêté en outre que le terrain sur lequel s'était opérée la descente serait nommé *canton Blanchard*, et qu'une colonne de marbre y serait érigée pour perpétuer le souvenir d'un événement qui, quel que puisse être plus tard le sort de cette découverte, sera toujours un fait mémorable. La nouvelle de ce voyage excita le plus vif enthousiasme. La reine, qui était au jeu, mit pour Blanchard sur une carte ; la carte gagna une forte somme qui lui fut aussitôt remise. Les envieux de l'aéronaute lui donnèrent le sobriquet de *Don Quichotte de la Manche;* mais le peuple le célébra dans ses chansons. Arrivé à Paris, trois jours après, il dina chez le baron de Breteuil, alors ministre, qui lui annonça que le roi lui accordait une gratification de douze mille francs et une pension de douze cents francs. Le pavillon qu'il avait fait flotter sur la Manche fut placé dans la salle de l'Académie des sciences.

Quelle jouissance d'amour-propre ne fut-ce pas pour notre aéronaute quand, six mois après, en passant à Guines, où il avait été conduit en cavalcade, il vit la colonne érigée en mémoire de son passage de la Manche ! Il en calcula les proportions avec un crayon, et s'écria dans l'enthousiasme de sa reconnaissance : « Grâce à Dieu et à vous, messieurs, je ne crains plus ni le persiflage ni la calomnie. Il faudrait cinquante rames de libelles entassés les uns sur les autres, pour masquer cette colonne sur toutes ses faces.» L'inauguration de cette colonne eut lieu le 7 janvier 1786. Les magistrats de la ville de Guines, ayant à leur tête le maire et le syndic de la noblesse du Calaisis, s'y étaient transportés, et le procureur du roi, au nom du corps municipal, s'adressant à Blanchard, dit : « Il est bien flatteur pour nous, monsieur, de vous posséder ici au même jour et à la même heure où vous descendites l'an passé ; mais la vue de cette colonne, l'inscription qui s'y trouve donnée par l'Académie, nous interdisent tout compliment. Ce monument et l'acte de son inauguration que nous allons signer avec vous, monsieur, vont y suppléer : l'un et l'autre passeront à la postérité la plus reculée ; l'un et l'autre immortaliseront la mémoire du premier des aéronautes qui ait osé traverser la mer ; enfin l'un et l'autre attesteront notre juste admiration sur un événement qui formera la plus glorieuse époque dans l'histoire de ce siècle. » Malheureusement Blanchard fit preuve d'ignorance dans la plate réponse qu'il adressa aux magistrats. Le soir, on lui offrit un banquet qui fut suivi d'un bal ; la noblesse, les notables de l'endroit et un grand nombre d'étrangers, qui avaient assisté à la cérémonie de l'inauguration, étaient de la fête. Les seuls ornements de la salle consistaient dans le portrait de Blanchard et le profil de la colonne, et vis-à-vis, dans un médaillon entouré d'une couronne de myrte et surmonté d'une couronne de lauriers, on lisait ces vers de la Place, citoyen de Calais :

Autant que le Français, l'Anglais fut intrépide :
Tous les deux ont plané jusqu'au plus haut des airs;
Tous les deux sans navire ont traversé les mers.
Mais la France a produit l'inventeur et le guide.

ESSAIS (Premiers). En 1781, Cavallo, savant physicien, avait déjà fait élever des bulles d'eau de savon pleines d'air inflammable. Cette expérience lui avait fait voir la possibilité de faire élever des corps considérables dans l'air. Il fit un sac oblong de trois à quatre pieds de largeur en papier très-fin ; mais il fut fort étonné de voir, quand il voulut le remplir, que le gaz inflammable passait au travers du papier. Il essaya après cela de remplir du même gaz des vessies de cochon, qu'il ne put jamais parvenir à rendre assez légères. Les vessies de poisson qu'il employa encore furent dans le même cas. Il était pour lors persuadé qu'il pourrait réussir en faisant une bourse avec l'espèce de peau dont se servent les batteurs d'or, collées les unes avec les autres, mais il ne mit pas ce projet à exécution. Ainsi, quoique persuadé de la possibilité de faire enlever des corps au moyen de l'air inflammable, cet habile physicien ne réussit qu'à faire des bulles d'eau de savon.

FAUTE D'UNE QUEUE! Olivier de Malmesbury, que d'autres appellent Elmerus de Malameria, était un bénédictin anglais qui florissait dans le onzième siècle. Il avait fait une étude particulière des mathématiques, et surtout de l'astrologie, science qui jouissait alors d'une grande estime. Il passait pour fort habile dans l'art de prédire l'avenir. Mais, comme la plupart des sorciers, il ne devina pas le sort qui le menaçait. Ayant fabriqué des ailes, d'après la description qu'Ovide nous a laissée de celles de Dédale, et en ayant même adapté à ses mains, il s'élança du haut d'une tour en prenant vent ; il réussit à parcourir une étendue de cent vingt-cinq pas ; mais, soit par l'impétuosité et le tourbillon des vents, soit par la crainte que son audacieuse entreprise lui inspira, il tomba à terre et se cassa les reins. Depuis lors il traina une vie malheureuse et languissante, attribuant sa disgrâce à ce qu'il n'avait pas attaché une queue à ses pieds.

FEMMES AÉRONAUTES. En historien fidèle, nous manquerions tout à fait à notre mission, si nous ne disions pas quelles furent les premières femmes qui osèrent affronter les périls d'une navigation aérienne.

On sait que les premiers aéronautes furent Pilatre des Rosiers, Giroud de Villette et le marquis d'Arlandes. L'ascension avait lieu en 1783 dans un ballon captif retenu par des cordes. Les spectateurs qui se trouvaient dans la cour de M. Réveillon à ce moment s'écrièrent d'une voix unanime, au dire de Saujas de Saint-Fond : « Voilà donc l'homme enfin maître d'un nouvel empire, le voilà sur la voie de prendre possession du domaine immense de l'air ! »

Quelques mois plus tard, au même endroit, c'est-à-dire dans les jardins de M. Réveillon, Etienne Montgolfier lança un ballon captif qui dépassa la hauteur des édifices les plus élevés de Paris. Ce ballon eut l'honneur de porter dans les airs les premières femmes qui eurent le courage de tenter ces périlleuses entreprises. Les aéronautes de ce brillant équipage étaient : la marquise de Montalembert, la comtesse de Montalembert, la comtesse de Podenas et mademoiselle de Lagarde, accompagnées de MM. le marquis de Montalembert et Artaud de Bellevue. Cette expérience suggéra à Pilatre des Rosiers les réflexions suivantes empreintes de la plus parfaite galanterie. « Le contentement et la joie de ces dames me permirent de tenter plusieurs fois de monter et de descendre à volonté. Enfin la tranquillité qu'elles ont conservée pendant plus d'une heure que dura cette promenade me fit regretter de ne pas répondre au vœu qu'elles faisaient sans cesse de voir abandonner leur char au gré du vent, entreprise hardie pour ce sexe aimable, qui n'avait pas besoin de ce nouveau moyen pour nous convaincre qu'il n'est pas moins intéressant pour son courage que pour ses grâces. »

Mais c'est le **4 juin 1784**, lors de la seconde ascension aérostatique qui eut lieu à Lyon, que l'on vit pour la première fois une femme, madame Thible, braver dans un ballon à feu les périls d'un voyage aérien. Cette belle ascension fut exécutée en l'honneur du roi de Suède, qui se trouvait alors de passage à Lyon. Nous regrettons que les bornes étroites dans lesquelles nous devons nous renfermer ne nous permettent pas de rapporter les détails de cette expérience et de citer les ovations et les hommages rendus à cette femme, dont le nom d'ailleurs n'apparaît que cette fois environné d'une auréole dans les annales de l'aérostation.

FLESSELLES (Le). L'expérience du Champ-de-Mars du **28 août 1783**, et celle de Versailles du **19** septembre, avaient eu dans toute la France un retentissement extraordinaire. Toutes les villes voulaient avoir leur ballon, et Lyon, qui n'avait encore été le théâtre d'aucune ascension aérostatique, brûlait d'entrer en lice avec la capitale. Joseph Montgolfier se trouvait précisément à Lyon à cette époque, en sorte que toutes les personnes les plus distinguées de la ville s'empressèrent d'ouvrir une souscription pour la construction d'un ballon à feu, qui s'élèverait à plusieurs centaines de toises et pèserait huit milliers, avec un cheval ou tels autres animaux qu'on y suspendrait. La souscription était fixée à douze francs, et l'on ne demandait que trois cent soixante souscripteurs. D'après ces conditions, Montgolfier fit construire un immense ballon à feu, qui fut bien la plus vaste machine qui se soit jamais élevée dans les airs. Il était haut de quarante-trois mètres sur trente-cinq de diamètre. Qu'on se figure la coupole de la halle au blé de Paris, et on aura une idée de sa dimension. Il paraît qu'on avait visé à l'économie, car on n'avait obtenu qu'un appareil de construction assez grossière, formé de trois feuilles d'un fort papier, que recouvrait une double enveloppe de toile d'emballage qui devait nécessairement rendre le ballon un peu lourd; mais, dans les vues que Montgolfier avait alors, pourvu qu'il atteignît le poids de huit milliers qu'il avait annoncé, peu lui importait que ce fût par le poids du ballon lui-même ou par son lest. Par sa forme, cet appareil ressemblait à une sphère terminée à sa partie inférieure par un cône tronqué, autour duquel on avait adapté une galerie d'osier destinée à contenir les voyageurs. Il est impossible de peindre le chagrin de Pilatre des Rosiers, qui était venu de Paris tout exprès, quand il vit que ce ballon était peu propre à porter des voyageurs; et, en effet, dans l'origine, il n'avait pas été destiné à cet usage. Il proposa à Montgolfier de faire la calotte supérieure en toile de coton, et de l'entourer d'un filet, ce que ce dernier accepta avec la déférence et la modestie qui caractérisent le vrai génie. Le mauvais temps qui ne cessa de régner alors endommagea tellement cette gigantesque machine, que ce ne fut qu'avec les plus pénibles efforts qu'il fût permis de la transporter dans les champs, hors de la ville, appelés les Brotteaux. Nous ne dirons pas tous les incidents, toutes les péripéties auxquelles furent exposés nos habiles constructeurs. Tantôt ce sont des boîtes tirées par méprise qui font croire au public que la grande expérience va avoir lieu; de là une explosion de cris de joie qui ne permettent plus aux travailleurs de s'entendre un moment. Tantôt c'est une botte de paille imbibée qui, jetée dans le réchaud, enlève tout à coup la machine à trois pieds de hauteur et la porte à quinze pieds plus loin, malgré les efforts de cinquante à soixante personnes qui la retiennent. Les préparatifs et les essais préliminaires se prolongeaient, et le départ avait été plusieurs fois remis; enfin le jour fixé pour l'ascension arrive; mais la pluie, la gelée, le verglas, nécessitèrent un nouvel ajournement, au grand regret de tous ceux qui s'intéressaient à l'expérience. Le vendredi matin, lorsqu'on voulut gonfler le ballon, la machine étant appesantie par l'humidité, on força imprudemment le feu pour la soulever, sans prévoir que l'humidité, raréfiée et réduite en vapeur par une chaleur si considérable, corroderait les toiles et les disposerait à s'enflammer. Ce malheur arriva, le feu prit à la calotte; mais, en une minute, les pompes, qu'on avait eu la précaution de placer sur l'estrade, l'éteignirent. Le découragement général ne fit que redoubler l'ardeur de Montgolfier et de ses coopérateurs. La calotte fut refaite à neuf dans la nuit, et replacée le samedi, à trois heures, dans l'espérance qu'on pourrait partir le lendemain. Vain espoir! Toute la nuit et toute la journée du dimanche, la neige tomba en si grande abondance, qu'il fallut bien remettre encore le départ. Les voyageurs frémissaient d'impatience. Quant aux habitants de Lyon, qui n'avaient jamais assisté à aucune expérience aérostatique, ils commençaient fort à douter du succès de l'entreprise; aussi n'épargnaient-ils guère les épigrammes. En voici une que reçut le comte de Laurencin, l'un des futurs matelots de ce vaste équipage :

> Fiers assiégeants du séjour du tonnerre,
> Calmez votre colère.
> Eh! ne voyez-vous pas que Jupiter tremblant
> Vous demande la paix par son pavillon blanc?

Le trait était mordant, mais la réponse du comte de Laurencin fut aussi gaie que spirituelle. « Mes compagnons et moi, dit-il, nous sommes chargés d'aller chercher les clauses de l'armistice. » Il n'en fallut pas davantage pour que les aéronautes pressassent leurs préparatifs. Ils y mirent tant d'activité, que, quelques jours après, tout était disposé pour l'ascension, qui se fit aux Brotteaux le **19 janvier 1784**. Dix-sept minutes suffirent pour que le ballon fût gonflé et prêt à partir. Depuis plusieurs jours, cependant, les amis de Pilatre des Rosiers faisaient tous leurs efforts pour l'empêcher de monter dans ce ballon et pour en détourner les voyageurs, la machine n'étant faite que pour enlever des fardeaux et ayant été considérablement fatiguée par les manœuvres des expériences, par la gelée, la neige, la pluie et le feu. Il était évident qu'elle ne pouvait promettre qu'un trajet médiocre, avec un très-grand danger. Rien ne put décourager l'intrépide aéronaute et ses courageux compagnons; c'était à qui monterait dans la galerie. Six personnes l'occupaient déjà; c'étaient : Joseph Montgolfier, Pilatre des Rosiers, le prince de Ligne, le comte de Laurencin, le comte de Dampierre et le comte de Laporte d'Anglefort, gentilshommes du pays. Mais, soit qu'il eût reconnu que l'expérience tournerait mal avec une si lourde charge, soit qu'il désirât se procurer une très-forte ascension, Pilatre proposa de réduire le nombre des voyageurs à trois. Toutes les observations qu'il fit à cet égard furent inutiles; personne ne voulut descendre. Le débat s'animant, quelques-uns portèrent même la main à la garde de leur épée pour défendre leurs droits. C'est en vain qu'on proposa de tirer les noms au sort; les voyageurs ne voulaient rien entendre. Le signal du départ est donné, on coupe les cordes; mais tout n'était pas fini. La machine commençait à s'ébranler, et déjà elle avait quitté la terre, lorsqu'un jeune négociant de la ville, nommé Fontaine, arrive à toutes jambes, s'élance d'un bond dans la galerie, et, au risque de faire chavirer l'équipage, s'installe de force au milieu des voyageurs. On lui pardonna ce transport subit en faveur de la part qu'il avait eue dans la construction de la machine. On renforça le feu, et, malgré ce nouveau fardeau, l'aérostat commença à s'élever.

A la vue de cette énorme machine, l'enthousiasme devint général. On ne pouvait se lasser d'admirer ce globe aux deux côtés duquel on avait attaché des médaillons, dont l'un représentait l'Histoire, et l'autre la Renommée. Dans un écusson, on lisait en lettres d'or ces vers :

Un espace infini nous séparait des cieux ;
Mais grâce aux Montgolfier, que le génie inspire,
L'aigle de Jupiter a perdu son empire,
Et le faible mortel peut s'approcher des dieux.

Le pavillon portait les armes de M. l'intendant, et au-dessous ces mots : *Le Flesselles*. Madame l'intendante, conduite par Montgolfier, avait attaché elle-même ce pavillon, et avait été déclarée la marraine du ballon, de même qu'on avait décerné à Montgolfier le commandement de l'équipage. A quelle hauteur cet aérostat s'éleva-t-il ? C'est ce qui n'est pas encore bien connu. On l'estime de 4 à 500 toises Les voyageurs étaient très-gais, et ils avaient l'espoir de naviguer jusqu'à la nuit ; mais ils n'étaient que depuis un quart d'heure dans les airs, quand ils voulurent forcer le feu pour se procurer une ascension plus rapide. Alors il se fit, dans l'enveloppe du ballon, une déchirure de quinze mètres de long. Cet accident faillit avoir les suites les plus funestes. Le ballon, qui était en ce moment parvenu à 200 mètres de hauteur, s'abattit avec une rapidité effrayante. Aussitôt, à en croire les relations de l'époque, on vit plus de soixante mille personnes courir vers l'endroit où la machine allait tomber. Heureusement, et grâce à l'adresse de Pilatre, ils descendirent dans un pré ; la descente se fit en deux ou trois minutes, et fut assez douce ; les voyageurs en furent quittes pour un choc assez rude, en prenant terre. On les aida à se dégager des toiles qui les enveloppaient, et on les ramena, sans autre accident, vers la ville, avec des transports et des applaudissements universels.

FLOTTILLE AÉRIENNE. Monge, ce savant créateur de la géométrie descriptive, et l'un des fondateurs de l'École polytechnique, proposa, dans le temps, comme appareil de direction des aérostats, un système assez étrange qu'on n'a pas mis à exécution, et qui, cependant, devrait être tenté dans l'intérêt de la science. Qui sait ? Mais voyons le système. Il consistait en vingt-cinq petits ballons sphériques attachés l'un à l'autre comme les grains d'un collier, formant un assemblage flexible dans tous les sens. Chaque ballon devait être muni de sa nacelle, et dirigé par un ou deux aéronautes. En montant ou en descendant, suivant l'ordre transmis, au moyen de signaux, par le commandant de l'équipage, ces globes auraient imité dans l'air le mouvement du serpent dans l'eau.

FUMÉE. La fumée joue un assez grand rôle dans l'antiquité. On y voit, en effet, les *Capnobates*, peuples de l'Asie Mineure, dont le nom signifie *marcheurs par la fumée*, et qui, s'il faut s'en rapporter à cette étymologie, auraient trouvé le moyen de s'enlever à l'aide de l'air raréfié par le feu. Mais il n'en est rien, comme on va le voir. Plusieurs nations hyperboréennes étaient connues sous cette dénomination, entre autres les Scythes, les Myses et les Thraces. Parmi ces derniers, une secte d'hommes religieux professait des mœurs austères et une frugalité extrême ; ils étaient respectés et considérés comme sacrés ; ils s'abstenaient de l'usage des femmes et des viandes. On les surnommait *capnobates*, qui s'élèvent par la fumée. Le grand rôle que plusieurs écrivains peu instruits ont fait jouer à la fumée, comme si elle eût été l'agent dont les frères Montgolfier se servaient, ce qui a été en même temps énigmatique pour l'Europe savante, et principe d'erreur pour la multitude, fait naître tout naturellement le désir d'éclaircir ce que Strabon a entendu par cette dénomination. On la trouve dans son septième livre, et il la tenait de Possidonius. Elle a fort embarrassé ses commentateurs, et l'opinion la plus vraisemblable est celle de l'un d'eux, qui substitue *capnioi* à *capnobates*. On lit alors *vivant de fumée*, ce qui exprime très-bien leur grande frugalité. Cependant, le vraisemblable peut-il tenir lieu de la vérité ?

Puis, entre plusieurs contes d'une nation sauvage qui remontent à l'époque de notre origine, on en remarque où la fumée est le principal agent de l'élévation d'un homme dans les airs. Ils sont recueillis dans les *Lettres édifiantes*. « Les sauvages de la Caroline, écrit en 1722 le P. Cantova, n'ont ni temples, ni idoles, ni sacrifices, ni offrandes, ni aucun culte extérieur. Leur croyance est bornée à celle des esprits célestes, bienfaisants et malfaisants. Un de ces esprits bienfaisants ayant épousé une femme terrestre, en eut un fils. Onléfat (c'était son nom) apprit que son origine était céleste ; il fut impatient de voir son père, et il prit son vol vers le ciel. Mais, à peine élevé dans les airs, il retomba sur la terre. Cette chute le désola ; il pleura amèrement sa mauvaise destinée, toutefois sans se désister de son premier dessein. Il alluma un grand feu, et, à l'aide de la fumée, il fut porté une seconde fois en l'air, et parvint à jouir des embrassements de son père céleste. » Il est fâcheux que le bon missionnaire qui rapporte cette tradition ne nous ait pas donné quelques détails sur cette intéressante expérience, qui semblerait impliquer la connaissance des aérostats.

GALE. Parmi les victimes de l'aérostation, nous citerons M. Gale, aéronaute anglais, dont la mort récente ne saurait être attribuée qu'à une fatale imprudence. Faisant un usage excessif des liqueurs alcooliques, il ne jouissait pas toujours du sang-froid nécessaire à celui qui, sur un frêle esquif, ose affronter les périls d'une navigation aérienne. C'est à Bordeaux que M. Gale tenta les hasards d'une ascension équestre, et ce jour-là, comme tous les autres jours, il n'avait pu résister à sa malheureuse passion. Victime d'une fausse manœuvre de sa machine, le malheureux Gale s'est vu, après une descente mal dirigée, enlevé de nouveau à travers les airs. « L'asphyxie de l'aéronaute et sa chute terrible sont, dit M. L. Figuier, un triste exemple des suites fatales qu'entraîne le moindre oubli des précautions imposées par le simple bon sens aux aventureux amateurs de la navigation aérienne. »

GLOBES DE VERRE. Un M. de la Folie, de Rouen, auteur d'un roman philosophique, publié en 1775 sous le titre du *Philosophe sans prétention*, ou *l'Homme rare*, fit placer à la tête de son livre une gravure qui représente un homme dans une espèce de cage garnie de nuages, couronnée par deux globes, et suspendue en l'air. On a prétendu que ce nouveau char volant avait donné l'idée de la machine aérostatique. Mais on va voir s'il y a le moindre rapport entre ces deux procédés. L'auteur du roman, après avoir mis plusieurs interlocuteurs en scène, en fait parler un qu'il nomme *Scintilla*, par allusion à l'électricité, de la manière suivante : « J'ai cru ne pas devoir différer un seul instant à vous faire part d'une découverte intéressante. Depuis longtemps les hommes ont cherché par quelles lois mécaniques ils pourraient franchir les espaces aériens. Je suis flatté de pouvoir annoncer aujourd'hui la réussite de mes recherches. Deux esclaves ont porté mon appareil sur la plate-forme de notre tour ; rendons-nous-y. » Douze sages témoins de ce discours se rendent au lieu indiqué, et l'un d'eux, après avoir savamment disserté sur la force et sur l'écart des leviers, passe à la description de la machine dans les termes suivants. « Je vis deux globes de verre de trois pieds de diamètre, montés au-dessus d'un petit siége assez commode. Quatre montants de bois, couverts de lames de verre, soutenaient ces deux globes. Dans l'intervalle de ces montants paraissaient quelques ressorts que je jugeai devoir donner le mouvement aux deux globes. La pièce inférieure, qui servait de soutien et de base au siége, était un plateau enduit de camphre et couvert de feuilles d'or. Le tout était entouré de fil de métal. Aussitôt que j'eus aperçu cette machine électrique d'une nouvelle forme, je devins incrédule sur la réussite de Scintilla..... Scintilla, dont le corps était aussi alerte que l'imagination, monte lestement sur sa mécanique, et, poussant promptement une détente, nous vîmes les deux globes tourner avec une rapidité prodigieuse. « Messieurs, dit-il, vous voyez que, « pour m'élever en l'air, mon principal moyen est d'annuler « au-dessus de ma tête la pression de l'atmosphère. Obser- « vez que la percussion de la lumière agit actuellement au- « dessous de ma mécanique. C'est elle qui va m'enlever, « sans beaucoup d'efforts, et, maître du mouvement de mes « globes, je descendrai ou monterai en telle proportion « qu'il me plaira. Vous voyez encore... » Mais nous ne l'entendions plus. Sa machine, entourée tout à coup d'un cercle lumineux, s'était enlevée avec la plus grande vitesse. Jamais spectacle si nouveau et si beau ne s'offrit à nos yeux. Nous le vîmes pendant quelque temps rester immobile, puis redescendre, puis s'élever de nouveau; enfin, nous le perdîmes de vue... Après une heure d'attente, nous vîmes reparaître Scintilla; ses mouvements de direction, bien conduits, nous assurèrent qu'il jouissait de sa tête et de ses forces. Lorsqu'il fut près de nous, il descendit avec plus de lenteur, et se posa environ à la même place d'où il était parti. »

Eh bien ! maintenant, trouvez-vous qu'il y ait quelque rapport entre la machine aérostatique et le projet imaginaire échappé du cerveau de M. de la Folie ?

GODARD. En 1847, M. Godard avait tenté une première ascension à Lille. Elle ne fut pas très-heureuse. Son ballon, en simple papier, avait été chauffé par de la paille enflammée; à peine s'était-il élevé à quarante mètres environ qu'il retomba lourdement sur un toit; dans sa chute, il eut le bonheur de s'accrocher aux tuiles, et put se sauver par une lucarne. Au mois de juillet 1848, il fit deux ascensions successives au Chalet, à Paris. Sa montgolfière était, cette fois, construite en toile de coton. Le premier jour, après s'être élevé à une médiocre hauteur, il en fut quitte pour descendre plus rapidement qu'il ne l'aurait désiré, dans un champ, derrière Javelle. Il n'en fut

pas de même, la semaine suivante, lors de sa seconde expérience. Il n'y avait pas cinq minutes qu'il était parti des Champs-Elysées qu'il tomba en pleine Seine, un peu au-dessous de Grenelle. Il se serait infailliblement noyé si des pêcheurs ne s'étaient portés immédiatement à son secours, car il était entièrement submergé et embarrassé dans les cordes de sa nacelle. Le 28 septembre 1848, les journaux annonçaient tout à la fois un incendie assez considérable, occasionné, à Mouthiers-les-Maux-Faits (Vendée), par un ballon à feu, et la chute d'un jeune aéronaute. C'était M. Godard, qui, après s'être imprudemment élevé dans une montgolfière, à Boulogne, lors des fêtes données à cette époque dans cette ville, était tombé dans la mer. Nous n'entreprendons pas de décrire les nombreuses ascensions faites depuis et avec tant de succès par M. Godard : un volume n'y suffirait pas.

GONESSE. Une scène étrange et qui fut depuis reproduite par la gravure, eut lieu au point du territoire de Gonesse, près Ecouen, où était venu s'abattre le premier ballon construit par les frères Robert, et qu'ils avaient fai enlever au Champ-de-Mars, le 27 août 1783. Une foule de paysans avaient vu dans l'air quelque chose d'immensément gros, comparé à ce qu'on y voit ordinairement. Qu'est-ce que cela pouvait être ? Un oiseau apparemment; un animal quelconque. Et ceux d'entre les habitants de Gonesse qui faisaient ces suppositions étaient les plus sensés, les plus raisonnables. Beaucoup parmi eux, croyaient tout naturellement que c'était le diable ; les plus savants pensaient que c'était la lune qui descendait sur la terre. En définitive, l'alarme était générale; on fuyait de toutes parts, et, comme un grand nombre de personnes, hommes, femmes et enfants, s'étaient réfugiés au presbytère, le curé du lieu, tout aussi embarrassé que ses ouailles effrayées, finit par leur proposer d'aller exorciser la chose, quelle qu'elle fût.

On se rendit donc processionnellement, et non sans faire de grands détours et de nombreuses stations, accompagnées de prières, au lieu où gisait sur le sol la malheureuse machine. Comme elle était encore à moitié pleine de gaz, elle offrait un spectacle imposant, et le vent, qui la faisait tressaillir de temps à autre, lui donnait véritablement une apparence redoutable. Évidemment on cherchait à gagner du temps, dans l'espérance que le monstre s'éloignerait. Mais il y mettait de l'obstination. Une heure s'était déjà passée dans ces préliminaires; il fallait en finir. Un brave, l'histoire n'a pas recueilli son nom, prit à deux mains son courage, se saisit d'un fusil de chasse, et, avec toutes les précautions, toutes les ruses d'un chasseur consommé, il se détacha du groupe, qui stationnait toujours à la même place, et marcha vers l'animal, sur lequel il fit feu, à une distance raisonnable.

Heureusement notre homme ne s'était pas trop avancé, il n'y eut pas inflammation de gaz hydrogène; mais la charge de plomb avait déchiré le flanc du ballon; le gaz en sortit, et l'on vit peu à peu la masse, d'abord changer de forme, puis bientôt s'amoindrir. Victoire! Nul doute, la bête était blessée; elle se tordait sur elle-même! D'aucuns lui entendirent même jeter un grand cri. C'en était fait d'elle!

Immédiatement, ces hommes tout à l'heure si pleins de terreur, si timorés, si craintifs, se précipitent avec furie sur la pauvre machine; elle est frappée de toutes manières, à coups de fourches, à coups de fléaux et de bâtons. Un malavisé ose y porter la main et déchire ce qu'il croit être la peau d'un animal; une odeur fétide se répand et éloigne pour quelques instants tout le monde. Enfin, le premier ballon à gaz hydrogène, ce bel appareil, qui avait coûté tant de soins et d'argent, fut attaché à la queue d'un cheval, qu'on chassa devant soi, à travers les champs, les fossés, et les routes, pendant l'espace de plus d'une lieue : le cheval courait encore, accompagné de mille cris d'enthousiasme, quand il n'avait plus derrière lui que des lambeaux épars du ballon. On sut à Paris ce qui venait de se passer, mais trop tard. Quand on vint sur les lieux, c'est à peine s'il fut possible de recueillir quelques échantillons de l'étoffe (1).

Impressions de voyage. — Aspect de la terre en ballon.

GRAHAM. On écrit de Londres, sous la date du 17 juin 1851 : « Hier, dans la soirée, les environs du palais de l'Exposition ont été le théâtre d'un accident dramatique qui, pendant quelques instants, a ému au plus haut point les milliers de personnes réunies sur ce point. M. et madame Graham, les célèbres aéronautes, avaient fait une ascension en ballon dans l'hippodrome construit à l'extrémité des jardins de Kinsington. Le ballon, après s'être élevé de vingt pieds environ au-dessus du mât qui surmonte l'entrée de l'hippodrome, descendit tout à coup sur l'extrémité du mât, et reçut une large déchirure. Les aéronautes jetèrent alors leur ancre : mais elle n'avait de prise nulle part, et le ballon, montant et descendant alternativement, fut poussé dans la direction du palais de l'Exposition. Pendant quelques secondes, il vogua au-dessus du transept de l'édifice, au grand effroi des spectateurs. L'ancre rasait presque le toit. Les aéronautes jetèrent la plus grande partie de leur lest, qui tomba sur le toit. Les deux aéronautes, jetés, par ce dernier choc, hors de la nacelle, étaient étendus sur le toit dans un état d'insensibilité complète; ils avaient reçu de nombreuses contusions, mais leur vie n'était pas en danger. On évalue à plus de mille livres les dommages occasionnés par le ballon aux maisons qui se sont trouvées sur son passage. Enfin, le ballon, après avoir enlevé quelques-uns des pavillons qui couronnent la corniche du palais, poussé par un vent violent, alla s'abattre sur le toit d'une maison d'Arlington-Street, à un mille environ du palais de l'Exposition, non sans avoir renversé sur son passage des cheminées et des corniches. La nacelle s'est trouvée prise entre deux groupes de cheminées avec tant de force, que l'on a eu toutes les peines du monde à la retirer. »

HARRIS. C'était un ancien officier de marine, et qui, comme tous les marins, était habitué à braver les éléments; aussi rien n'arrêtait son courage. Il avait exécuté avec Graham un grand nombre d'ascensions qui toutes avaient parfaitement réussi. Il lui prit fantaisie de construire lui-même un ballon, auquel il appliqua diverses prétendues améliorations que le succès fut loin de couronner. Au mois de mai 1824, son ballon étant prêt, Harris tenta à Londres une expérience dont les débuts paraissaient assez favorables; mais, une fois arrivé dans le haut des airs, l'aéronaute, qui voulait descendre, ouvrit sa soupape; elle était disproportionnée et ne put se refermer complétement. Le gaz s'échappa avec trop de rapidité, et le ballon s'abaissa avec une telle violence sur la terre, que Harris fut tué du choc qui en résulta. Chose surprenante! une dame qui l'accompagnait ne fut que légèrement blessée.

IMPRESSIONS DE VOYAGE. Depuis l'instant où l'on quitte la terre jusqu'à celui où l'on parvient à la hauteur à laquelle il est permis à l'homme de pénétrer

(1) Dupuis-Delcourt, *Manuel d'aérostation.*

 Paris. — Imprimerie Schneider, rue d'Erfurth, 1.

dans l'atmosphère, on passe, dit M. Dupuis-Delcourt, par une succession de sensations nouvelles; le moment le plus agréable est sans contredit celui où l'on se sépare de la terre. Pendant les premiers moments de l'ascension, et jusqu'à 1,000 mètres environ, une jouissance délicate accompagne le voyageur aérien. Rien ne saurait mieux donner l'idée de ce qu'on éprouve alors, que ces rêves si agréables pendant lesquels on se sent voltiger çà et là comme des zéphyrs : ici la réalité remplace l'illusion. L'admiration qu'inspire bientôt le spectacle de la nature se joint à ce premier sentiment. A mesure que l'horizon se développe, les rivières présentent à la fois toutes leurs sinuosités, les villes et les habitations de toute espèce s'offrent en foule; on compte les routes et les sentiers qui les lient entre elles, et cette moindre partie du spectacle n'est pas sans un grand intérêt. Les différentes productions de la terre se font remarquer d'une manière distincte par la variété de leurs teintes et de la diversité de leurs nuances. Un champ de blé se distingue parfaitement d'un champ de luzerne, une forêt d'un vignoble. Au-dessus de 500 mètres, les proportions de chaque objet diminuent d'une manière très-sensible. Les hommes ressemblent déjà à des insectes; l'atmosphère est considérablement refroidie; alors, si l'on est plusieurs dans la nacelle, le silence, causé jusque-là par l'admiration des premiers moments, commence à cesser. On s'interroge, on se fait part de ses remarques et des nouvelles sensations qu'on éprouve. Bientôt la force d'ascension du ballon fait parvenir à 1,000 ou 1,200 mètres; avec un froid plus vif, on éprouve des bourdonnements dans les oreilles. A 2 000 mètres, on est obligé à de plus grands efforts pour faire entendre sa voix; le véhicule du son, la densité de l'air, ayant déjà beaucoup diminué. La dilatation du gaz hydrogène contenu dans le ballon, dilatation qui commence dès l'instant où l'on quitte la terre, est portée au point qu'il faut, dans certains cas, faire jouer la soupape pour lui donner une plus large issue. A 4,000 mètres, le froid devient ordinairement rigoureux; la surface de la terre paraît confuse; les grandes routes ressemblent à de petits cordons; les rivières paraissent comme des ruisseaux; le ciel est serein et d'un azur souvent tres-foncé. A 6,000 mètres, on ne voit plus que les grandes masses; si alors un bruit éloigné, celui du canon par exemple, vient à se faire entendre, les voûtes du ciel s'ébranlent, le ballon vibre; si, à cette distance, on lâche des oiseaux, ils tombent ou volent péniblement, l'air étant trop raréfié pour que leurs ailes trouvent un appui suffisant. A 10,000 mètres, distance qui semble être, pour la plupart des hommes, le dernier terme où il leur soit donné de parvenir, l'isolement est parfait; mais la place n'est plus tenable, à cause de l'âpreté du froid et du malaise général qu'on éprouve dans toutes les parties du corps. La voix ne s'entend plus que difficilement; les petits animaux meurent. Les observations doivent se faire là avec rapidité, car le ballon, seul objet qui frappe la vue dans l'immensité de l'espace, semble prêt à s'anéantir, tant le gaz hydrogène tend à s'échapper impétueusement. Les hauteurs de l'atmosphère se perdent enfin dans des ténèbres profondes; c'est ici que finit la nature physique. La déperdition du gaz, et souvent sa condensation par le froid, font bientôt redescendre le ballon. L'air devient moins froid, et la terre, qui ne paraissait plus que sous la forme d'une masse grisâtre, déroule de nouveau et peu à peu ses productions. Tout paraît éclore et se vivifier à sa surface. Les arbres ressemblent à des plantes naissantes. Plus on s'approche, plus aussi les masses se débrouillent et offrent l'aspect d'une ville, d'une forêt ou d'une prairie. On distingue bientôt les hommes et les animaux, et l'instant arrive enfin où il faut de nouveau toucher la terre. Un aéronaute habile sait retarder ce moment à son gré, en disposant à propos du lest dont le ballon est chargé. Il peut encore franchir de grands espaces et papillonner à la cime des arbres, s'amuser de l'effroi que sa présence cause à tous les animaux dans les campagnes; leurs cris d'alarme, leur fuite, attestent qu'ils reconnaissent la présence d'une être étranger dont la forme les épouvante. L'aéronaute peut souvent reprendre encore un nouvel essor, et si, dans le cours de son voyage, le hasard le favorise à ce point qu'il soit témoin d'un orage, il verra se développer sous ses pieds de nouveaux objets dignes d'admiration et inconnus au reste des humains. La constitution des nuages, les grandes opérations qui se font dans leur sein, sont bien faites, on doit le penser, pour inspirer du respect, et même une certaine crainte à l'homme qui les aborde pour la première fois.

ITALIE. Le quatrième voyage aérien eut lieu en Italie. Le chevalier Paul Andreani, de Milan, fit construire à ses frais, par les frères Gerli, mécaniciens, une magnifique montgolfière. Cette machine, faite de toile, revêtue intérieurement d'un papier très-fin, était sphérique, et avait environ soixante-huit pieds de diamètre : vers son milieu, à l'intérieur, était une zone ou un cerceau de bois; un autre cercle, également de bois, de quatorze pieds de diamètre, était adapté à son ouverture. Vers le haut était un chapiteau de bois de forme ronde, auquel était fixé un anneau de fer d'où partaient des cordes qui descendaient le long des fuseaux, et qui furent attachées au cercle de l'ouverture. D'autres cordes, moins considérables, furent cousues à la toile, et servirent à faire une espèce de filet en croisant les plus grosses. Quelques traverses de bois, partant du dehors du cerceau placé à l'ouverture, soutenaient le réchaud de cuivre, dont le diamètre était d'environ six pieds et demi. Des cordes, fixées à ce cerceau, soutenaient une ample corbeille circulaire à une petite distance et plus bas que le réchaud, de sorte que de cette machine on pouvait entretenir le feu sans être gêné par la chaleur. Dès qu'elle fut prête, on la porta à Moncucco, maison de campagne du chevalier, à près de trois lieues de la ville. Les deux premières tentatives n'eurent pas de succès. A chaque fois, la machine fut parfaitement détendue en quinze minutes, mais elle ne put enlever le poids qui y était attaché. Cependant, le 25 février 1784, vers midi, on alluma de nouveau le feu; on se servit d'abord de bois bien sec, puis d'une pâte de matière bitumeuse. Bientôt l'aérostat fit effort pour s'élever. Le chevalier Andreani imaginant, avec raison, qu'en donnant plus de liberté à l'air, au-dessous, la force d'ascension augmenterait, ordonna qu'on laissât la machine s'élever un peu. L'effet répondit à son attente. L'augmentation de force se fit sentir aussitôt; le chevalier et les deux frères Gerli montèrent aussitôt dans la galerie. On lâcha les cordes, et le ballon s'éleva aussitôt dans l'atmosphère. Son ascension fut si lente, qu'on le vit se diriger dans une ligne presque horizontale, du côté des bâtiments. Les aéronautes furent obligés de raviver le feu pour les éviter; alors ils montèrent à une telle hauteur, qu'on les apercevait de la ville, distante de douze kilomètres. A cette hauteur ils rencontrèrent un courant d'air qui semblait les pousser vers les collines voisines du mont de Brianza et qui sont d'un difficile accès, et, comme ils voyaient le moment où le combustible allait leur manquer, ils jugèrent à propos de descendre, ce qu'ils firent en diminuant le feu. A leur descente, le ballon allait s'abattre sur un gros arbre, mais ils ranimèrent le feu et passèrent par-dessus. Les gens qui étaient accourus en foule pour jouir de ce spectacle, se saisirent des cordes qui partaient de l'aérostat, et le conduisirent dans un endroit convenable où les intrépides voyageurs descendirent avec la plus grande facilité. Ce ballon était resté en l'air près de vingt minutes. Il est remarquable que, malgré les différents essais auxquels il avait servi, il n'eût pas éprouvé le plus léger dommage. La partie supérieure n'avait aucunement souffert.

LAMARTINE (L'AÉROSTAT DE M. DE). Nous avons dit que nous remonterions au déluge; on ne nous en voudra donc pas si nous tenons parole. Tout le monde sait que dans les derniers temps qui précédèrent ce cataclysme universel, les enfants de Tubal-Caïn avaient fait tant de découvertes, prodigieuses qu'ils étaient devenus pareils à des dieux (*Eloïm*). M. de Lamartine, d'après une légende du Thalmud, consacre de beaux vers à une certaine invention qui se rapproche beaucoup de celle qui nous occupe. C'est, dit M. Turgan, un appareil composé d'un vaste soufflet soutenu par un aérostat, et qui, par un mécanisme d'aspiration et d'expiration, souffle dans une voile qui fait marcher le tout contre le vent même, par une force plus grande imprimée par le soufflet. L'homme qu'il peint, dirigeant cet aérostat, est assis sur ce *double poumon*. La forme poétique a peut-être ôté quelque chose à la précision descriptive d'un tel appareil; cependant on en comprend l'idée (1).

LUNE (Ballon pris pour la). Le premier ballon enlevé à Paris et qui alla tomber à Gonesse (voyez ce mot), avait été pris par les habitants de cette ville pour la lune,

et cette apparition les avait jetés dans l'épouvante. Cet événement fit tant de bruit, que le gouvernement crut nécessaire de publier un *avis au peuple* touchant le passage ou la chute des machines aérostatiques. Dans les derniers mois de 1783, cette instruction fut répandue dans toute la France.

L'avertissement n'était pas inutile, car ce fait d'un ballon pris pour la lune paraît s'être reproduit chez un grand nombre d'individus, saisis d'épouvante pour la première fois à la vue d'un aérostat.

MARIE-ANTOINETTE (La). En 1784, Gustave III, roi de Suède, se trouvait à la cour de France, sous le nom de comte de Haga. On voulut lui faire les honneurs d'une ascension. Pilatre des Rosiers et le chimiste Proust s'offrirent pour faire ce voyage. L'appareil était dressé dans la cour du château de Versailles. A un signal donné par une décharge de mousqueterie, une tente de quatre-vingt-dix pieds de hauteur, qui cachait l'appareil, s'abattit tout à coup, et l'on aperçut l'immense montgolfière la *Marie-Antoinette*, déjà gonflée par l'action du feu, maintenue par cent cinquante cordes que retenaient quatre cents individus. Dix minutes après, une nouvelle décharge annonça le départ. La montgolfière s'éleva très-lentement et décrivit une diagonale, en offrant un spectacle tout à la fois agréable et majestueux. Comme un vaisseau qui s'est précipité du chantier dans les eaux, cette étonnante machine se balançait superbement dans l'air, qui semblait l'arracher de la main des hommes. Ses mouvements irréguliers intimidèrent un instant une partie des spectateurs, qui, craignant qu'une chute prochaine ne mît leur vie en danger, s'éloignèrent à grands pas. Après avoir allumé leur fourneau, les aéronautes saluèrent les spectateurs, qui leur répondirent par mille acclamations, et ils eurent le temps d'observer sur quelques visages un mélange d'intérêt, d'inquiétude et de joie. Curieux de connaître la plus grande élévation à laquelle leur machine pouvait atteindre, les nouveaux argonautes portèrent au plus haut degré la violence des flammes, en soulevant leur brasier, et en soutenant leurs fagots sur la pointe de leurs fourches. Il demeurèrent assez longtemps plongés dans les nuages et enveloppés dans la neige qui se formait autour d'eux. Parvenus à Luzarches, ils voulurent mettre pied à terre : déjà le peuple témoignait la satisfaction la plus vive; la foule augmentait; une partie tendait les bras pour ralentir la chute du ballon, tandis que les animaux de toute espèce s'enfuyaient épouvantés, comme s'ils eussent pris la montgolfière pour un animal vorace. Mais, appréciant bientôt par la vitesse de leur marche qu'ils seraient portés sur les maisons, les voyageurs ranimèrent leur foyer; sautant alors avec la plus grande légèreté par-dessus les édifices, ils échappèrent à ces premiers hôtes, qui restèrent tout interdits. Poursuivant ensuite leur route, ils planèrent au-dessus de la forêt immense qui conduit à Compiègne. Connaissant peu la topographie de ce canton, ne voyant dans l'éloignement aucune place favorable à leur descente, et craignant d'ailleurs que les provisions ne vinssent à leur manquer, ils crurent plus sage de mettre pied à terre dans le dernier carrefour distant de cinquante-deux kilomètres de Versailles, que de s'exposer à terminer cette expérience par l'embrasement de la forêt Ils descendirent donc non loin de Chantilly. Les seigneurs des environs arrivaient de toutes parts; le peuple s'approchait en foule. La montgolfière fut transportée dans un château voisin. Proust et Pilatre des Rosiers montèrent à cheval, et se rendirent au château de Chantilly, où les attendait le prince de Condé, qui avait envoyé au-devant d'eux un piqueur. Ce voyage aérostatique est un des plus remarquables qu'on ait jamais faits, et les voyageurs atteignirent la hauteur la plus grande à laquelle on puisse s'élever avec une montgolfière.

MARSEILLE. En 1784, sur tous les points de la France, se succédaient des ascensions plus ou moins périlleuses. A Marseille, deux négociants, nommés Brémond et Maret, s'élevèrent dans une montgolfière de seize mètres de diamètre. A leur première ascension, ils ne restèrent en l'air que quelques minutes. Ils s'élevèrent très-haut à leur second voyage, mais la machine s'embrasa au milieu des airs, et ils ne regagnèrent la terre qu'après avoir couru les plus grands dangers.

MONTGOLFIER (Les). En 1777, deux jeunes hommes, deux frères, tout entiers occupés à améliorer les procédés d'une manufacture, d'en étendre les ressources, et de l'élever au-dessus de tout ce que l'Europe pouvait citer alors de plus parfait, rencontrèrent par hasard sous leurs mains un livre qui traitait des propriétés de l'air. Lire ce livre, en comprendre toute la portée, en extraire une pensée mère, la développer et en saisir les nombreuses conséquences, fut l'affaire d'un instant, et les deux frères de s'écrier : *Il est maintenant possible de naviguer dans les airs!*

Ces deux jeunes hommes qui, par une inspiration subite, un éclair d'intelligence, trouvaient ainsi la solution d'un problème tant de fois cherché et depuis tant de siècles, c'étaient *Joseph* et *Etienne* Montgolfier, fils d'un manufacturier d'Annonay, connu depuis longtemps pour son habileté dans l'art de la fabrication du papier. Et le livre qui avait fait jaillir cette étincelle de leur génie, c'étaient les *Expériences sur les différentes espèces d'air*, de Priestley, savant théologien et célèbre physicien anglais, dont on venait de publier depuis peu une traduction.

(1) V. la *Chute d'un Ange*, VIIIe vision.

Nés avec le goût des connaissances utiles et doués d'un génie observateur, ils employaient leurs loisirs à l'étude de la physique. Par sa position en face des Hautes-Alpes, la ville d'Annonay, qu'ils habitaient, favorisait singulièrement, il est vrai, leurs observations. De leur manufacture ils voyaient se dérouler à l'horizon toute la chaîne de ces montagnes. Après avoir médité longtemps sur l'ascension des vapeurs dans l'atmosphère, où elles se réunissent pour former des nuages qui, malgré leurs masses et leur pesanteur, non-seulement se soutiennent à de grandes hauteurs, mais encore flottent et voyagent au gré des vents, ils entrevirent la possibilité d'imiter la nature dans une de ses plus grandes et plus majestueuses opérations.

Ils conçurent dès lors l'idée hardie de former, à l'aide d'une vaste enveloppe et d'une vapeur légère, une espèce de nuage factice que la seule pesanteur de l'air atmosphérique forcerait de s'élever jusqu'à la région où les orages et les tempêtes prennent naissance.

Les faiseurs d'anecdotes ont raconté de diverses manières l'origine de cette découverte. Suivant les uns, une chemise que l'on chauffait, et qui voltigeait devant le feu, donna la première idée des ballons à Etienne Montgolfier, qui, tout de suite, fit avec une espèce de cornet de papier, à la fumée de son foyer, la première expérience des aérostats. Selon d'autres, Joseph se trouvait à Avignon pendant le mémorable siége de Gibraltar. Seul au coin de sa cheminée, il était disposé à la méditation : une estampe, qui représentait la ville assiégée, appelle ses rêveries. Serait-il donc impossible que les airs offrissent un moyen pour pénétrer dans la place? Ce doute est un trait de lumière : des vapeurs telles que la fumée qui s'élève sous ses yeux, emmagasinées en quantité suffisante, lui paraissent le principe d'une force ascensionnelle assez considérable. Sur-le-champ, il construit un petit parallélipipède de taffetas, contenant environ quarante pieds cubes d'air, en échauffe l'intérieur avec du papier, et le voit, avec satisfaction, s'élever jusqu'au plafond. Ces deux versions sont également fausses.

Après bien des tentatives, bien des expériences faites en particulier, les deux Montgolfier, certains du principe, firent une machine plus considérable, et qui contenait au delà de vingt mètres cubes d'air. Ce nouvel essai réussit parfaitement, car la machine s'éleva avec tant de force, qu'elle rompit les cordes qui la retenaient, et alla tomber sur les coteaux voisins, après être montée à une hauteur de 2 ou 300 mètres.

Il ne leur était plus permis de douter du succès : ils voulurent, par une expérience solennelle, faire connaître et constater publiquement leur découverte. En conséquence, le jeudi 5 juin 1783, l'assemblée des états particuliers du Vivarais, qui siégeait en ce moment dans la ville d'Annonay, fut invitée à assister à cette épreuve à jamais mémorable.

Quelle fut leur surprise et celle de tous les spectateurs, quand ils virent sur la place publique une espèce de ballon de cent dix pieds de circonférence, retenu par son pôle inférieur sur un châssis en bois de seize pieds de surface! Quelle fut l'étonnement général lorsque les inventeurs d'une telle machine annoncèrent qu'aussitôt qu'elle serait pleine d'un gaz qu'ils avaient le moyen de produire à volonté par le procédé le plus simple, elle s'enlèverait d'elle-même jusqu'aux nues! Cette expérience paraissait si incroyable, que tous les assistants doutaient presque de son succès.

Enfin, les deux Montgolfier mettent la main à l'œuvre, ils procèdent au développement des vapeurs qui devaient produire le phénomène. La machine, qui ne présentait alors qu'une enveloppe de toile doublée en papier, qu'une espèce de sac gigantesque de trente-cinq pieds de hauteur, déprimé, plein de plis et vide d'air, se gonfle, grossit à vue d'œil, prend de la consistance, adopte une belle forme, se tend dans tous les points, fait effort pour s'enlever : des bras vigoureux la retiennent, le signal est donné, elle part et s'élance avec rapidité dans l'air, où le mouvement accéléré la porte en moins de dix minutes à 1,000 toises d'élévation. Elle décrit alors une ligne horizontale de 7,200 pieds, et, comme elle perdait considérablement de son gaz, elle descendit lentement vers la terre. Sans doute elle se fût soutenue bien plus longtemps en l'air, si l'on avait eu la facilité de porter dans son exécution la solidité et l'exactitude qu'elle exigeait. Mais le but était atteint, et cette première tentative, couronnée d'un aussi heureux succès, mérite à jamais aux frères Montgolfier la gloire d'une des plus étonnantes découvertes. Pour peu qu'on veuille réfléchir sur les difficultés sans nombre que présentait une expérience aussi hardie, sur la critique amère à laquelle elle exposait ses auteurs si elle eût manqué par quelque accident imprévu, sur les dépenses qu'elle a entraînées, on ne peut s'empêcher d'avoir la plus grande admiration pour les inventeurs de la machine aérostatique.

MOSMENT. Cet aéronaute avait une singulière habitude : il s'élevait toujours debout, les pieds reposant sur un plateau très-léger qui lui servait de nacelle. Sa dernière ascension eut lieu à Lille le 7 avril 1806. Le ballon dont il se servit était en soie et gonflé par le gaz hydrogène. Dix minutes après son départ, il lança dans l'air un parachute avec un quadrupède. Les oscillations du ballon ainsi délesté auront sans doute causé sa chute en lui faisant perdre l'équilibre. On a prétendu que cet aéronaute avait annoncé d'avance l'événement, et que ce n'était de sa part qu'une imprudence calculée. Le ballon n'en continua pas moins sa route, et Mosment fut retrouvé enseveli sous le sable, dans les fossés qui bordent la ville.

MOUTON ENLEVÉ PAR DES FUSÉES. Nous avons vu Cyrano de Bergerac disposer autour de son char des *fusées* d'artifice, de telle façon qu'une fois lancé l'inflammation successive des fusées le maintenait et le faisait avancer dans l'air. Cette invention de Cyrano était toute fictive et pouvait être considérée comme le rêve de son imagination. Il paraît cependant qu'une expérience de cette nature fut sérieusement tentée en 1806 à Marseille par le fameux artificier Claude Ruggieri. Dans cette expérience il avait fait enlever un mouton au moyen de fusées volantes. Il estimait à 200 mètres environ la hauteur à laquelle était parvenu l'animal, qui descendit ensuite légèrement à terre à l'aide d'un parachute. Quelques années plus tard un individu sollicitait, dit-on, l'autorisation de reproduire publiquement dans le Champ-de-Mars à Paris cette singulière expérience sur lui-même. C'était une folie : la permission lui fut heureusement refusée.

NAPOLÉON ET LE TOMBEAU DE NÉRON. Garnerin, dont la réputation grandissait de jour en jour, se trouva en contact avec Napoléon. Ce fut lors du couronnement, en décembre 1804. Rien ne fut épargné pour rendre solennelles les fêtes que la ville de Paris offrit en cette occasion. Garnerin avait été mandé à Paris; il prépara un ballon gigantesque, auquel était suspendue une couronne éclairée par huit mille verres de couleur; et, quelques instants avant le feu d'artifice, ce ballon, cette couronne s'élevèrent majestueusement de la place du Parvis Notre-Dame, montèrent dans les cieux aux acclamations de la multitude, et au bruit, répété en échos par les deux rives, de soixante mille fusées sillonnant l'air en tous sens. Le ballon cheminait dans les airs, et, le lendemain, les habitants de Rome voyaient poindre à l'horizon un globe radieux, qui, toujours baissant, s'avançait à leur rencontre. Il plana bientôt au-dessus de la coupole Saint-Pierre et du Vatican, veufs l'un et l'autre du descendant de saint Pierre; puis s'affaissant tout à coup, il marqua par des débris son passage dans la campagne de Rome et vint s'abîmer dans les eaux du lac Bracciano. Alors on put savoir ce qu'annonçait ce messager céleste. On le tira de l'eau; et l'inscription suivante fut imprimée, publiée, lue par toute l'Italie : *Paris, 25 frimaire an XIII, couronnement de l'empereur Napoléon par S. S. Pie VII.* Une circonstance, fort indifférente en elle-même d'ailleurs, vint donner aux yeux de Napoléon une haute importance et même une tournure politique (le croirait-on?) au voyage de ce ballon perdu. C'est ici que se révèle cette pensée de fatalisme dont était empreint le génie de l'empereur. Le ballon, en rasant la terre, avait rencontré dans les environs de Rome le tombeau de Néron; il s'y était accroché, et, pendant quelques minutes, on put croire qu'il avait terminé sa course ; mais bientôt, poussé par le vent, il avait continué sa route, laissant toutefois à l'un des angles du vieux monument une partie de la couronne. Les journaux italiens, qui n'étaient pas soumis à une censure aussi rigoureuse que les feuilles françaises, racontèrent innocemment la chose. Certains y ajoutèrent pourtant des réflexions malicieuses, désobligeantes pour l'empereur. Enfin, cela vint aux oreilles du maître; on alla jusqu'à en parler un jour devant lui, à l'un de ses levers ; Napoléon témoigna hautement son mécontentement, et demanda avec humeur qu'il ne fût plus question du ballon de Garnerin. De ce jour cet habile aéronaute cessa d'être employé par le gouvernement; madame Blanchard le remplaça dans la confiance dont il avait joui jusqu'alors, et fut chargée de toutes les ascensions qui eurent lieu depuis dans les fêtes publiques.

NAUFRAGE AÉRIEN. Le célèbre aéronaute anglais, Sadler, après une vie marquée par plus de soixante voyages aériens, après avoir, dans une de ses excursions, franchi le canal d'Irlande entre Dublin et Holyhead (où il est large de trente-six à quarante lieues), vint périr près de Boston en Angleterre, le 29 septembre 1824. Dans cette ascension, qui devait être pour lui la dernière, il se vit privé de lest par suite de son long séjour dans l'atmosphère; forcé de descendre très-tard sur des bâtiments élevés, la violence du vent le fit heurter contre une cheminée d'où il fut précipité à terre hors de la nacelle. On ne peut mettre en doute la prudence et l'habileté de Sadler; il avait fait ses preuves. Des circonstances fâcheuses, et qu'il n'est pas toujours facile de prévoir, ont pu seules causer sa perte. C'est ici un véritable naufrage aérien : un navigateur qui se brise sur des rochers, et vient échouer au port par une nuit d'orage !

NAVIGATION AÉRIENNE (Société de). Il paraît que vers la fin de l'année 1846 il s'était formé en Belgique une *Société générale pour la navigation aérienne*. Son programme était formidable. De gros banquiers, disait-on, patronaient l'œuvre, ou tout au moins leurs noms placés à la suite d'un acte de société passé devant notaire, imprimé avec le plus grand luxe, et répandus à profusion, semblaient donner à cette entreprise l'importance qu'elle méritait d'ailleurs par son but. Son capital, selon le prospectus, était de deux millions. Le fondateur de cette société était M. le docteur Van Hecke, inventeur d'un procédé vraiment ingénieux, pouvant procurer à volonté, sans l'emploi de lest ni de soupape, l'ascension ou la descente d'un ballon, mis préalablement à terre ou dans l'air, à l'état d'équilibre. Ce novateur hardi promettait de faire faire un pas à la navigation aérienne. Malheureusement les actionnaires fondateurs, parmi lesquels se trouvaient des gens infiniment honorables, ne parurent pas tout d'abord s'être bien rendu compte des difficultés qu'il y avait à vaincre pour atteindre au but qu'ils se proposaient. Leur plus grand tort cependant a été de compter avec trop de confiance sur les capitalistes français et anglais pour réaliser les deux millions annoncés. En définitive, à part de très-belles expériences faites par M. Van Hecke et par M. Dupuis-Delcourt, auquel nous empruntons ces détails, cette société, dont ce dernier est encore l'ingénieur et le secrétaire général *in partibus*, se vit bientôt obligée, faute d'argent, de suspendre ses opérations. C'est dommage ! Il nous semble qu'une société de ce genre, formée de tous les aéronautes français et étrangers, de tous les savants mécaniciens et autres, pourrait rendre de très-grands services à la navigation aérienne. Espérons que le gouvernement finira par sentir la nécessité de prendre l'initiative à cet égard, ou du moins qu'il cherchera à encourager les efforts que tenteront pour se réunir en société tous les vrais amis du progrès de l'art aérostatique.

NOTRE-DAME-DES-VICTOIRES (Ballon de la rue). La nouvelle de l'expérience faite à Annonay avait causé à Paris une sensation des plus vives. La curiosité du public une fois excitée, il fallut la satisfaire. Les physiciens, les chimistes, les grands seigneurs, s'en mêlèrent. Une souscription nationale fut immédiatement ouverte pour que Paris eût son ballon. Tout le monde accourait en foule pour se faire inscrire. Dix mille francs furent recueillis en quelques jours. Les frères Robert, habiles constructeurs d'instruments de physique, furent chargés de construire l'appareil, et le professeur Charles prit la direction des travaux. Mais cette entreprise n'était pas sans difficulté. On n'avait aucune indication sur la nature du gaz dont s'étaient servis les frères Montgolfier. Ce quon savait seulement, c'est que leur machine avait été remplie avec un gaz moitié moins pesant que l'air ordinaire. Charles ne se laissa point arrêter par cette considération. Il pensait que, puisque les Montgolfier avaient réussi avec un gaz qui n'avait que la moitié du poids spécifique de l'air commun, il réussirait bien mieux encore avec le gaz inflammable ou gaz hydrogène, qui pèse quatorze fois moins que l'air. Il eut donc recours à l'hydrogène. Mais comment obtenir et accumuler dans un même réservoir plus de quarante mètres cubes de ce gaz encore peu connu, et qu'on n'avait jamais préparé que dans les cours publics et en opérant sur de très-petites quantités ? Néanmoins on se mit à l'œuvre; on s'établit dans les ateliers des frères Robert, situés dans la rue Notre-Dame-des-Victoires, et, en moins de vingt-cinq jours, un globe sphérique en soie vernie, de quatre mètres de diamètre, fut offert à l'admiration des souscripteurs. Le ballon, aux deux tiers rempli de gaz, flottait dans l air, et ne demandait qu'à s'élever ; le succès de l'expérience était certain : l'ivresse fut grande ! Bientôt le bruit de cette opération se répandit dans le public ; partout on parlait déjà du *ballon*, et il y avait à la porte de la maison, sur la place des Victoires, et dans toutes les rues adjacentes, un tel concours de monde, qu'il fallut requérir l'assistance du guet pour contenir l'impatience des curieux. C'était le 27 août, deux mois après le miracle d'Annonay, que devait avoir lieu l'expérience. Mais il fallait transporter le ballon tout gonflé jusqu'au Champ-de-Mars, où devait se faire l'ascension, et ce n'était pas une petite affaire. Enfin on se met à l'œuvre, mais voilà qu'au moment de le sortir de la cour, on s'aperçoit que la porte cochère n'était pas assez large. On voulut un instant le faire passer par-dessus la maison, en le retenant avec une corde, et en le laissant s'élever de lui-même, pour le rattraper ensuite sur la place des Victoires, mais on tenait trop à ce nouveau-né pour l'exposer à des chocs mortels. A deux heures après minuit, le ballon fut dégagé de ses liens, on le transporta jusqu'à la porte, et, comme il n'était pas plein, on put le comprimer et lui donner une forme allongée qui lui permit de sortir et d'arriver sur la place sans accident. Alors on déposa sur un brancard le précieux fardeau, et l'on se mit en marche pour le Champ-de-Mars. Rien de si singulier que de voir ce ballon ainsi porté, précédé de torches allumées, entouré d'un cortége et escorté par un détachement du guet à pied et à cheval. Cette marche nocturne, la forme et la capacité de l'appareil que l'on portait avec tant de pompe et de précaution, le silence qui régnait, l'heure avancée de la nuit, tout tendait à répandre sur cette opération une singularité et un mystère vraiment faits pour imposer à tous ceux qui n'auraient pas été prévenus. Aussi les cochers de fiacres qui se trouvèrent sur la route en furent si frappés, que leur premier mouvement fut d'arrêter leurs voitures, et de se prosterner humblement, chapeau bas, pendant tout le temps qu'on défilait devant eux.

Enfin le ballon arriva à l'École militaire, où il fut déposé au milieu du Champ-de-Mars.

Dès l'instant ou le jour parut, on s'occupa de le remplir entièrement de gaz, et, à trois heures, il était prêt à partir. Le Champ-de-Mars était garni de troupes, les avenues étaient gardées de tous côtés; les ordres étaient donnés pour faciliter la marche des voitures et prévenir les accidents. A trois heures, on vit le Champ-de-Mars se couvrir de monde, les carrosses arrivaient de toutes parts, et bientôt ils ne purent aller qu'à la file. Les bords de la rivière, le chemin de Versailles, l'amphithéâtre de Passy, étaient garnis d'une foule immense de spectateurs. L'hôtel de l'École militaire et le Champ-de-Mars renfermaient la plus belle et la plus nombreuse assemblée. A cinq heures, un coup de canon fut le signal qui annonça que l'expérience allait commencer : il servit en même temps d'avertissement pour les savants placés sur la terrasse du Garde-Meuble de la couronne, sur les tours Notre-Dame et à l'École militaire, et qui devaient appliquer les instruments et les calculs à leurs observations. Le globe, dépouillé des liens qui le retenaient, s'éleva, à la grande surprise des spectateurs, avec une telle vitesse, qu'il fut porté, en deux minutes, à 488 toises de hauteur. Là il trouva un nuage obscur dans lequel il se perdit : un second coup de canon annonça sa disparition, mais on le vit bientôt percer la nue, reparaître un instant à une très-grande élévation, et s'éclipser dans d'autres nuages.

La pluie, qui survint au moment où le globe s'élevait, ne l'empêcha pas de monter avec une extrême rapidité : et l'expérience eut le plus grand succès ; elle étonna tout le monde. L'idée qu'un corps parti de terre voyageait dans l'espace avait quelque chose de si admirable et de si sublime, elle paraissait si fort s'écarter des lois ordinaires, que tous les spectateurs ne purent se défendre d'une impression qui tenait de l'enthousiasme. La satisfaction était si grande, que les dames élégamment vêtues, les yeux dirigés sur le globe, recevaient la pluie la plus forte et la plus abondante, sans se déranger, s'occupant plus alors de voir un fait aussi surprenant que du soin de se garantir de l'orage. La population de Paris, si avide d'émotions et de surprises, n'avait jamais assisté à un spectacle aussi curieux.

Malheureusement, dans leur désir de donner au ballon la forme complétement sphérique du globe et d'en augmenter ainsi le volume aux yeux des spectateurs, les frères Robert avaient voulu, contrairement à l'opinion de Charles, qu'on le remplit entièrement de gaz ; ils y introduisirent même de l'air au moment du départ, afin de bien tendre toutes les parties de l'étoffe. Cette circonstance fut fatale au ballon, qui ne fournit pas toute la carrière qu'il aurait pu parcourir. Après trois quarts d'heure de marche, il descendit auprès d'Ecouen, à cinq lieues de Paris. La chute fut déterminée par une déchirure de plusieurs pieds, qui se fit à sa partie supérieure, par suite de l'expansion du gaz. L'expérience n'en fut pas moins intéressante et la première qui ait été faite en ce genre. (Voyez GONESSE.)

NUIT (PREMIER VOYAGE DE). C'est Testu-Brissy qui, le premier, exécuta ce voyage, le 18 juin 1786. Il était parti du terrain du Luxembourg, à quatre heures du soir, et, après s'être arrêté dans la plaine de Montmorency, il s'était élevé de nouveau. A six heures quarante-cinq minutes, il s'abaissa encore aux environs de l'abbaye de Royaumont, et se tint, pendant un certain temps, à très-peu de hauteur de terre, en suivant la rivière d'Oise. Douze minutes après, il jeta du lest et s'éleva à 374 toises. A huit heures, il mit pied à terre entre Ecouen et Wariville, pour se débarrasser du support de ses rames et se munir de lest. Il y fut aperçu par des chasseurs, qui accoururent à lui et l'instruisirent du lieu où il était. En partant de ce lieu il se trouva à la hauteur de 678 toises, dans des nuages électriques, au-dessus desquels il s'éleva. Le thermomètre était à cinq degrés au-dessous de la congélation ; les bords de son char étaient couverts de grésil ; il fut obligé d'en rejeter la neige et les grêlons qui l'appesantissaient.

La nuit étant arrivée, il s'abaissa un peu et se trouva attiré et repoussé par les nuages, chargés de plus ou moins d'électricité. Son pavillon, qui portait les armes de France en or, était étincelant de lumière. Suivant l'élévation où il se portait, il reconnut l'électricité positive ou négative, à l'aide d'une pointe de fer placée dans son char. Il sortait de cette pointe une gerbe de feu, lorsque l'électricité était positive : quand il s'élevait un peu plus haut dans le nuage, la pointe de fer n'offrait qu'un point lumineux, parce que l'électricité était négative.

Il resta plus de trois heures dans le nuage orageux, sans éprouver d'autre accident que la perte de la dorure d'une partie de son drapeau, qui fut troué par la force de l'électricité naturelle. Le tonnerre lui a fait beaucoup moins de mal que les paysans de Montmorency. Le calme ayant succédé à l'orage, il resta longtemps comme stationnaire. Il profita de ce calme pour manger, en attendant le jour. Alors, se trouvant manquer de lest, il descendit, à quatre heures moins un quart, dans le village de Camprein, où il fut accueilli de la manière la plus affable par le curé de ce lieu. Les habitants de Breteuil vinrent le chercher, et le conduisirent chez eux avec la plus grande joie, en criant : Vive le roi ! vive la reine ! MM. les bénédictins de Breteuil le reçurent et l'accueillirent de la manière la plus polie et la plus affectueuse.

Si cet aéronaute n'est resté que onze heures en l'air ; si, pendant cet espace de temps, il n'a fait qu'environ vingt-cinq lieues, c'est qu'il a été contrarié par l'orage et par les diverses descentes qu'il fut obligé de faire pour se procurer du lest. Quoiqu'il ait exercé des manœuvres qui confirment une partie de ce qu'il avait conçu sur la direction des aérostats, il ne crut pas devoir en faire mention, parce que, disait-il, il faut plus d'une expérience pour les bien constater.

OBSERVATOIRE (BALLON DE L'). L'abbé Miollan était un bon religieux qui s'était associé un certain Janinet pour construire à l'Observatoire une énorme montgolfière de cent pieds de haut sur quatre-vingt-quatre de large, et dans laquelle il entrait plus de quatre mille mètres de toile. Cet appareil gigantesque était le plus grand que l'on eût jamais vu. Il devait être monté par quatre voyageurs : l'abbé Miollan et Janinet, le marquis d'Arlandes et le mécanicien Bredin. On s'était attaché à simplifier l'appareil de la machine, et l'on devait faire l'essai de deux nouveaux moyens de direction. Le ballon devait partir le dimanche 11 juillet 1784, à midi précis, de l'enclos séparé du jardin du Luxembourg. Les billets d'entrée étaient de six livres pour la première enceinte, et de trois livres pour l'enclos. Jamais aéronaute n'avait réuni peut-être autant de monde à son ascension. Mais, le jour arrivé, soit que la machine fût mal construite, soit préméditation, la calotte prit feu, et il fallut renoncer à l'expérience. La populace, furieuse d'être attrapée, mit le ballon en pièces, et rossa les aéronautes, qu'elle accusait d'avoir mis exprès le feu à leur machine. Puis vinrent les vaudevilles et les chansons dans le genre de ce couplet, qui n'est pas de la première force, tant s'en faut :

Je me souviendrai toujours
Du globe du Luxembourg ;
Que de monde il y avait,
Monsieur Janinet,
Monsieur Janinet,
Que de monde il y avait
Pour voir s'il s'envolerait.

OLIVARI. Encore une victime de l'aérostation. Olivari périt à Orléans le 25 novembre 1802, et voici comment. Il s'était enlevé dans une montgolfière en papier soutenu de quelques bandes de toile seulement. Sa nacelle, suspendue au-dessous du réchaud, était lestée de matières combustibles propres à entretenir le feu. Le ballon était déjà parvenu à une grande élévation, quand, on ne sait comment, la nacelle, qui était d'osier, prit feu. Privé de ce seul soutien, l'aéronaute tomba à une lieue de distance du point d'où il était parti.

PAYSANS ET LA CORDE (LES). Ce fut le 18 juin 1786 qu'eut lieu l'ascension de Testu-Brissy. S'étant occupé, depuis la découverte des aérostats, des moyens de rendre le taffetas imperméable, et y étant parvenu, il avait construit un ballon de dix-sept pieds de diamètre, armé d'ailes et de rames. Il partit du terrain du Luxembourg, à quatre heures cinquante et une minutes. Ayant acquis de la légèreté, parce que la chaleur avait desséché son filet, qui avait été mouillé le matin par la pluie, il descendit, à l'aide de ses rames, dans la plaine de Montmorency, à cinq heures vingt-six minutes, pour y prendre du lest. Mais là une singulière aventure l'attendait. Un grand nombre de curieux, qui étaient accourus, l'empêchèrent de repartir et saisirent le ballon par les cordes qui traînaient à terre. Sur ces entrefaites arrive, suivi des messiers, le propriétaire du champ où l'aérostat était tombé ; il exige que Testu-Brissy paye le dégât que les curieux avaient fait en marchant dans son champ pour voir le ballon. Inutilement il représente à ces braves gens que, ne leur ayant rien fait personnellement, il ne leur devait rien. Ils insistent, et, le voyant disposé à prendre sa volée pour se sauver de leurs mains, ils saisissent les cordes de sa gondole. Plusieurs paysans se joignirent à eux; un des messiers menaça de percer son ballon avec sa hallebarde, s'il ne descendait pour venir au château payer le dégât. Testu-Brissy employa en vain prières et menaces. Rien ne faisait. « Voyant que je ne pouvais leur résister de force, je résolus, dit Testu-Brissy, de leur échapper par adresse. Je leur proposai de me conduire partout où ils voudraient, en me remorquant avec une corde. L'abandon que je fis de mes ailes brisées et devenues inutiles, persuada que je ne pouvais plus m'envoler. Vingt paysans se lièrent à cette corde en la passant autour de leur corps; le ballon s'éleva d'une vingtaine de pieds, et j'étais ainsi traîné vers le village. Ce fut alors que je pesai mon lest, et, après avoir reconnu que j'avais encore beaucoup de légèreté spécifique, je coupai la corde, et je

pris congé de mes villageois, dont les exclamations d'étonnement me divertirent beaucoup, lorsque la corde par laquelle ils croyaient me retenir leur retomba sur le nez. » N'était-ce pas un bon tour?

PÉGASE. Que les anciens étaient heureux! avec une paire d'ailes jointes avec de la *cire*, ils pouvaient s'esquiver d'une prison et planter là les juges et le bourreau. Mais ce n'est rien; voici qui est plus fort encore : un cheval ailé!..... Avec des chevaux ordinaires, des chevaux comme les nôtres, on fait déjà passablement de chemin : mais où ne peut-on pas aller avec un cheval qui a des ailes? Oh! la jolie invention, et combien nous devons regretter qu'elle soit perdue! — Vous connaissez tous sans doute ce refrain d'un ancien vaudeville, qui ne s'est réalisé malheureusement que trop souvent :

Pégase est un cheval qui porte
Les grands hommes à l'hôpital.

Eh bien! c'est de Pégase que nous voulons vous parler. Ce courrier poétique est assez merveilleux pour mériter l'honneur d'une courte biographie. Il naquit du sang qui ruissela de la tête de Méduse, et prit son vol des plages de la Lybie. Après que ce fougueux animal eut été dompté, Persée, qui le monta tout d'abord, traversa sur son dos tout l'espace éthéré qui était entre la plaine libyque et le jardin des Hespérides, aux extrémités de l'Océan. Un pareil voyage n'est-il pas fort agréable? Plus tard, le héros Bellérophon s'élança sur lui, à l'aide de sa flamboyante crinière, et, armé de la pique, s'abattit sur les rocs volcanisés de la Lycie, où il tua la Chimère. Enorgueilli de sa victoire, il pressa les flancs de son merveilleux coursier, qu'il força de l'élever à tire d'ailes jusqu'aux limites des palais resplendissants de l'Olympe. C'était bien téméraire : aussi ne tarda-t-il pas à en être puni, car, parvenu à une si prodigieuse hauteur, la tête lui tourna, et il tomba sur la terre, qu'il jonchа de ses membres brisés... S'il n'existe plus de pareils chevaux, on trouve toujours des hommes qui, de temps à autre, à l'exemple de Bellérophon, se cassent les reins en voulant voler trop haut. Pas plus que Dédale, Pégase n'a joui tranquillement de sa gloire. Suivant nos inventeurs, ce prétendu cheval ailé n'était autre chose qu'un vaisseau ayant une figure de cheval à sa poupe, dont se servirent Bellérophon et Persée dans leur expédition. Vous en croirez ce que vous voudrez.

PHILIPPE-ÉGALITÉ. Voici une ascension des plus curieuses, et qui mit à de singulières épreuves le courage des aéronautes. Ces aéronautes étaient le duc de Chartres, depuis Philippe-Égalité, père de Louis-Philippe, les deux frères Robert et M. Collin Hullin. Aussi n'en fallut-il pas davantage pour faire pleuvoir sur le prince du sang des sarcasmes et des quolibets sans fin. Partout on répétait le propos que madame de Vergennes avait tenu avant l'ascension : *qu'apparemment M. le duc de Chartres voulait se mettre au-dessus de ses affaires.* Déjà l'on avait fait sur le voyage force vaudevilles dans le genre de celui-ci :

Chartres va, dit-on, s'enlever,
Jusques à Londre il veut aller.
Mécontent de Neptune,
Eh bien!
Il cherche en l'air fortune,
Vous m'entendez bien.

On avait essayé d'un nouveau système, et l'on se promettait un voyage de long cours. L'aérostat, qu'on avait surnommé *la Caroline*, était de forme oblongue : il avait dix-huit mètres de hauteur et douze mètres de diamètre. Dans l'intérieur de ce grand ballon, on avait placé un autre globe beaucoup plus petit et qui était rempli d'air atmosphérique. Les frères Robert s'étaient imaginé que cette combinaison leur permettrait de descendre et de remonter à volonté sans aucune déperdition de gaz. Leur intention était de diriger cette machine avec des rames de douze pieds de surface, fixées à un levier de dix pieds de long et posées à une extrémité de la galerie, en opposition à un gouvernail de cinquante-quatre pieds de surface, appliqué à l'autre extrémité. Telles étaient les dispositions principales. L'ascension eut lieu dans le parc de Saint-Cloud le 15 juillet 1784, à huit heures du matin. La foule des curieux qu'elle avait attirés de toutes parts était immense, et toute la nuit un grand nombre de voitures avaient sillonné la route de Saint-Cloud. Une circonstance singulière, c'est que les derniers rangs ayant prié les premiers de leur permettre de voir en se baissant, ils se sont accroupis et mis comme en adoration devant la machine. Le ballon s'était élevé aux acclamations générales. Trois minutes après le départ, il disparaissait dans les nues. A cette hauteur, les vents impétueux et contraires le firent tourner trois fois sur lui-même. Il est impossible de peindre la scène effrayante qui suivit ces premières bourrasques. Les nuages enveloppèrent les voyageurs et paraissaient vouloir s'opposer à leur retour vers la terre. L'appareil de direction était impuissant, les aéronautes arrachèrent le gouvernail et se débarrassèrent des rames. Ils voulurent aussi, pour alléger la machine, se défaire du petit globe; on coupa les cordes qui le retenaient; il tomba, mais on ne put venir à bout de le tirer en dehors. Ce petit globe était d'autant plus embarrassant, que, dans sa chute, il était venu s'appliquer juste sur l'orifice de l'aérostat, qu'il bouchait entièrement. Un coup de vent saisit le ballon en dessous; les voyageurs furent emportés rapidement. Ils montaient toujours, et ils étaient déjà parvenus à la hauteur de 4,800 mètres. Le danger devenait de plus en plus imminent. Le duc de Chartres prit un parti désespéré; il saisit un des étendards qui ornaient la nacelle, et avec le bois de la lance il fit deux trous au ballon, qui se déchira d'environ sept à huit pieds. Le ballon descendit aussitôt avec une rapidité effrayante, et il allait tomber au milieu d'un étang quand, pour éviter ce danger, les aéronautes jetèrent soixante livres de lest. Le duc de Chartres envoya un grelin et ils parvinrent à aborder sur la terre, non loin de l'étang de la Garenne, dans le parc de Meudon. Quoique leur descente eût été des plus accélérées, aucun d'eux ne fut blessé, et de six bouteilles pleines qu'ils avaient simplement posées sur le plancher de la galerie, il ne s'en est trouvé qu'une seule de cassée.

En crevant son ballon au moment où il menaçait de l'emporter avec ses compagnons dans une région d'une incommensurable hauteur, le duc de Chartres fit certainement preuve de courage et de sang-froid.

PILATRE DES ROSIERS. La première et la plus illustre victime de l'aérostation fut Pilatre des Rosiers. Cet homme, que rien ne pouvait arrêter ou effrayer, peut être regardé comme un exemple de cette fièvre d'aventures et d'expériences, que le progrès des sciences physiques avait développée dans certaines natures à la fin du dernier siècle. Les lauriers de Blanchard l'empêchaient de dormir. Emporté par un funeste élan d'émulation, il fit annoncer, peu de temps après la miraculeuse traversée de la Manche (voy. ce mot), qu'il franchirait à son tour la mer, de Boulogne à Londres. Cette entreprise offrait plus d'un péril. En vain chercha-t-on à l'en détourner. Il ne voulut rien entendre. Il prétendait avoir trouvé une nouvelle disposition des aérostats qui, suivant lui, réunissait toutes les conditions de sécurité et permettait de se maintenir dans les airs pendant un temps considérable. Rassuré par sa confiance, M. de Calonne lui donna cent cinquante mille francs pour construire sa machine, qu'il appela aéro-montgolfière, et qui était bien la plus déplorable invention qu'on put imaginer. Qu'on se figure un énorme ballon à gaz hydrogène, surmontant un cylindre assez haut, destiné à servir de montgolfière. Par ce moyen, Pilatre des Rosiers voulait réunir en un système unique les deux moyens dont on avait fait usage jusque-là. Il pensait qu'en raréfiant plus ou moins l'air contenu dans le cylindre, il pourrait ainsi se faire lourd ou léger à volonté, de manière à chercher les courants des vents les plus favorables à monter et à descendre sans perdre de gaz. Charles et d'autres savants physiciens avaient eu beau lui dire que c'était placer une mèche allumée sous un baril de poudre, il avait persisté dans sa malheureuse idée. Et cependant ce n'était pas faute de pronostics funestes. Ce sont d'abord les vents qui, pendant cinq mois entiers, se montrent contraires; puis ce sont les rats qui dévorent sa machine, et qu'on ne chasse qu'avec une armée de chiens et de chats, soutenus par des hommes qui battent du tambour toute la nuit pour les écarter; enfin c'est un ouragan furieux qui force les magistrats de la ville à intervenir pour l'empêcher de partir. Rien ne pouvait l'arrêter ni l'effrayer. C'est au milieu des transports d'un véritable délire qu'il se livrait aux préparatifs du voyage qu'il avait annoncé. Il était aidé par un physicien de Boulogne nommé Romain. Le 15 juin 1785, à sept heures du matin, Pilatre et Romain montèrent dans la galerie. Un officier supérieur, le marquis de la Maisonfort, s'élance aussitôt vers le ballon, jette un rouleau de deux cents louis dans le chapeau de Pilatre et met le pied dans la nacelle. L'aéronaute le repousse en lui disant : « Monsieur, nous ne sommes sûrs ni du temps ni de la machine. Je ne puis vous accepter. » Et l'aéro-montgolfiière s'éleva majestueusement dans les airs, faisant avec la terre un angle de soixante degrés. La joie et la sécurité étaient peints sur le visage des voyageurs aériens, tandis qu'une inquiétude sombre paraissait agiter les spectateurs. Tout le monde était étonné et personne n'était satisfait. A deux cents pieds de hauteur le vent de sud-est parut diriger la machine, et bientôt elle se trouva sur la mer. Différents courants, tels que le vent d'est, l'agitèrent alors pendant trois minutes, ce qui effraya beaucoup les spectateurs. Le vent de sud-ouest devint enfin dominant, et le globe, en s'éloignant par une diagonale, regagna la côte de France. Dans ce moment, sans doute, Pilatre des Rosiers voulant descendre et chercher un courant plus favorable, se détermina à tirer la soupape, qui, mal raccommodée et trop dure, aura exigé auparavant et des efforts et peut-être une secousse violente. C'est alors que le taffetas creva, que la soupape retomba dans l'intérieur du globe, et que l'air inflammable tendant à s'élever et voulant sortir par l'issue de dix pouces qui venait de se faire, l'enveloppe, pourrie par des essais inutiles et par un laps de temps considérable, a cédé, et s'est seulement déchirée sans éclater : car un paysan, éloigné de cent pas prétendit n'avoir entendu qu'un bruit très-léger, tandis qu'une détonation totale en devait produire un très-fort. « J'ai vu, ajoute M. de la Maisonfort, j'ai vu l'enveloppe de l'aérostat retomber sur la montgolfière. La machine entière m'a paru alors éprouver deux ou trois secousses, et la chute s'est déterminée de la manière la plus violente et la plus rapide. Les deux malheureux voyageurs sont tombés et ont été trouvés fracassés dans la galerie et aux mêmes places qu'ils occupaient à leur départ. Pilatre des Rosiers a été tué sur le coup, mais son infortuné compagnon a encore survécu dix minutes à cette chute affreuse. Il n'a pas pu parler, et n'a donné que de très-légers signes de connaissance. J'ai vu, j'ai examiné la montgolfière, qui n'avait rien éprouvé de fâcheux, n'étant ni brûlée ni même déchirée; le réchaud, encore au centre de la galerie, s'est trouvé fermé au moment de la chute. La machine pouvait être à environ 1,700 pieds en l'air. Elle est tombée à cinq quarts de lieue de Boulogne et à trois cents pas des bords de la mer, vis-à-vis de la tour de Croy. »

Un autre témoin de cette funeste catastrophe assure cependant qu'après que l'aérostat se fut élevé à une grande hauteur, on vit, à sept heures trente-cinq minutes, briller, au-dessus du ballon, une colonne de flamme qui fut aperçue par toutes les personnes qu'avait attirées ce spectacle. Il ajoute que la machine se divisa en trois parties, et que la galerie séparée de la montgolfière tomba la première. Un professeur de chimie de Boulogne, nommé Duriez, prétendit que l'inflammation du gaz eut lieu sous une influence électrique causée par la présence d'un petit nuage blanchâtre qui approcha du sommet de l'aérostat au moment du sinistre.

Quoi qu'il en soit, Pilatre des Rosiers n'en fut pas moins victime de son amour pour l'art aérostatique Par une triste ironie du sort il vint expirer à l'endroit même où Blanchard était descendu, peu de temps auparavant, non loin de la colonne monumentale élevée à sa gloire. Une fois mort, Pilatre devint un héros, les épitaphes abondèrent; nous ne citerons que la suivante, qui est bien certainement l'une des moins mauvaises :

Ci-gît un jeune téméraire
Qui, dans son généreux transport,
De l'Olympe étonné franchissant la carrière,
Y trouva le premier et la gloire et la mort.

Ballon à rames et à voiles. — Page 26.

POISSON AÉRIEN. Le baron Scott avait proposé, vers 1816, un immense aérostat représentant une sorte de poisson aérien muni de sa vessie natatoire articulée et mobile, et qui devait offrir, par sa marche dans l'air, l'image du poisson dans l'eau. Ce plan resta à l'état de projet.

QUATRE MILLIONS DE VOYAGEURS. A la bonne heure, voilà au moins quelque chose de grandiose et de bien propre à piquer notre curiosité. Quatre millions de voyageurs! Mais si l'inventeur eût réussi, que serait devenu M. Pétin, qui ne veut en enlever, dit-on, que cinq cents? Quel ballon monstre, ou plutôt quel bâtiment ne faut-il pas pour accomplir une pareille ascension! Il est vrai que notre inventeur ne ménage rien et n'y va pas chichement. Vous allez en juger. D'abord il faut savoir que l'auteur d'un projet aussi gigantesque est le père Joseph Galien, dominicain, ancien professeur de philosophie et de théologie dans l'Université d'Avignon. Ce bon père avait publié, en 1755, un livre sur l'*Art de naviguer dans les airs*, livre curieux depuis la découverte des aérostats. Le P. Galien propose de construire un vaisseau aérien capable de transporter, si l'on veut, une nombreuse armée avec tous ses attirails de guerre et ses provisions de bouche, jusqu'au milieu de l'Afrique, ou dans tout autre pays plus ou moins connu. Pour cela, il veut qu'on lui donne une vaste capacité; qu'importe sa grandeur, dit-il, il n'en coûtera pas davantage, dès que nous ne le fabriquerons qu'en idée. D'ailleurs, plus il sera grand, plus sa pesanteur en sera absolument plus grande, mais aussi elle en sera moindre respectivement à son énorme volume. Nous construisons ce vaisseau de bonne et forte toile doublée, bien cirée ou goudronnée, couverte de peau, et fortifiée de distance en distance de bonnes cordes, ou même de câbles, soit en dedans soit en dehors, de telle sorte qu'en évaluant la pesanteur de tout le corps de ce vaisseau, indépendamment de sa charge, ce soit environ deux quintaux par toise carrée. Ce vaisseau serait plus long et plus large que la ville d'Avignon, et sa hauteur ressemblerait à celle d'une des montagnes les plus élevées. Un seul de

Ballon à parachute double de Robertson. — Page 26.

ses côtés contiendrait un million de toises carrées, car mille est la racine carrée d'un million. Il aurait six côtés égaux, puisque nous lui donnons une figure cubique. Il s'ensuit que le corps seul de ce vaisseau pèserait douze millions de quintaux, pesanteur énorme, et dix fois plus grande que n'était celle de l'arche de Noé avec tous les animaux et toutes les provisions qu'elle renfermait. Nous voilà donc embarqués dans l'air avec un vaisseau d'une horrible pesanteur. Comment pourra-t-il s'y soutenir et transporter avec cela une nombreuse armée jusqu'au pays le plus éloigné? C'est ce qu'explique parfaitement le bon père. L'air, dit-il, se partage en deux couches superposées, de plus en plus légères, à mesure qu'on s'éloigne de la terre. Or, un bateau se maintient sur l'eau, parce qu'il est plein d'air, et que l'air est plus léger que l'eau; supposons donc qu'il y ait la même différence de poids entre les couches supérieures de l'air et les inférieures qu'entre l'air et l'eau; supposons aussi un bateau qui aurait sa

Gonflement du Suffren par l'appareil à gaz. — Page 26.

quille dans l'air inférieur, et ses fonds dans une autre couche plus légère, il arrivera à ce bateau la même chose qu'à celui qui plonge dans l'eau. Le père Galien ajoute qu'à la région de la grêle il y a une séparation en deux couches, dont l'une pèse un quand l'autre pèse deux. Donc, en mettant un vaisseau dans la région de la grêle, et en élevant ses bords de quatre-vingt-trois toises au-dessus, dans la région supérieure, qui est moitié plus légère, on naviguerait parfaitement.

Pour réussir, comme vous le voyez, il faut transporter ce gigantesque vaisseau dans la région de la grêle. Mais où trouver cette région et comment, par quels moyens surhumains transporter le bâtiment dans cette région? Et notez qu'il est bien important que les flancs du vaisseau dépassent de quatre-vingt-trois toises le niveau de la couche de la grêle; sans quoi, dans les mouvements du navire, l'air lourd y pénétrerait, et le bâtiment sombrerait! Continuons. Le vaisseau que nous avons lancé sur la région de la grêle ne pèserait, avec sa cargaison, que soixante-dix millions de quintaux. Or, qui de soixante-dix millions de quintaux ôte douze millions que pèserait le seul corps du vaisseau, reste encore pour sa cargaison cinquante-huit millions de quintaux. Quand bien même il entrerait dans notre vaisseau quatre millions de personnes, pesant chacune trois quintaux, et que nous permettrions à chacune de ces personnes d'avoir avec elle neuf quintaux en provision ou en marchandises, tout cela ne ferait qu'une charge de quarante-huit millions de quintaux. Il s'en manquerait donc encore de dix millions de quintaux pour son entier chargement. On comprend qu'il ne serait pas nécessaire de construire, pour notre navigation aérienne, des vaisseaux d'une si prodigieuse grandeur.

Cette navigation, au reste, ne serait pas si dangereuse qu'on pourrait se l'imaginer. Peut-être le serait-elle moins que celle de mer. Dans celle-ci, tout est perdu lorsque le vaisseau vient à couler bas; au lieu que, le cas arrivant dans celle-là, on se trouverait doucement mis à terre, au grand contentement de ceux qui seraient ennuyés de voguer entre le ciel et la terre, et qui aimeraient mieux venir nous raconter ce qu'ils auraient vu dans ce haut pays des nues, que de continuer leur route. Le vaisseau, en descendant ici-bas, irait avec une lenteur à ne rien faire craindre de funeste pour les voyageurs, la vaste étendue de la colonne d'air de dessous s'opposant à la vitesse de sa chute. D'ailleurs ce vaisseau, après même s'être submergé et rempli d'air grossier, ne pèserait jamais un tiers de plus qu'un pareil volume de cet air. Il viendrait donc à terre beaucoup plus lentement que ne peut faire la plume la plus légère, puisque cette plume, malgré sa légèreté, pèse grand nombre de fois plus que l'air en pareil volume, et par conséquent beaucoup plus, à proportion des masses, que ne ferait notre vaisseau submergé.

Naviguer dans l'air à la hauteur de la région de la grêle! Qui sera jamais tenté de s'exposer aux frais et aux dangers d'une telle navigation? Il est vrai que le père Galien, qui avait besoin d'un air plus léger que l'air atmosphérique, ne pouvait le trouver que dans la région de la grêle, et il y transportait son vaisseau sur les ailes de l'imagination, pour y prendre des provisions de cet air. Aussi s'empresse-t-il de dire en terminant qu'il n'est question ici que d'une simple théorie sur la possibilité, et qu'il ne la propose, cette théorie, que par manière de récréation physique et géométrique. Voilà qui nous réconcilie avec ce singulier projet.

RAMES. L'enthousiasme qu'avait excité l'invention des aérostats avait fait naître l'espoir de naviguer dans l'air comme on le fait sur l'eau; on voyait dans ces appareils des moyens de transport plus rapides qu'aucun de ceux qu'on possédait. Mais on ne tarda pas à reconnaître l'impossibilité de les diriger. En vain quelques personnes prétendirent-elles, au moyen de *rames* et d'*ailes* diversement construites, imprimer aux ballons une marche régulière; l'expérience est venue montrer le vide de ces projets, auxquels ont renoncé les hommes éclairés, parce qu'ils ont reconnu que l'appareil présentait aux courants de l'atmosphère une immense surface, et ne trouvait aucun point d'appui pour le mécanisme propre à le diriger.

RHIN (Campagne du). Après la bataille de Fleurus et la prise de Bruxelles, Coutelle reçut l'ordre de revenir à Paris. On voulait organiser une seconde compagnie d'aérostiers. Coutelle fut chargé de ce soin. La compagnie était à peine levée, qu'elle fut aussitôt dirigée sur l'armée du Rhin, sous le commandement du capitaine Lhomond. Cette campagne fut on ne peut plus funeste, et les deux compagnies d'aérostiers furent à peu près détruites. Un jour, Coutelle faisait, dans un aérostat, une reconnaissance à Frankenthal, sur les bords du Rhin, quand il fut saisi d'un frisson violent, suivi d'une fièvre grave; il fut obligé d'abandonner le commandement de la compagnie à son lieutenant. Le lieutenant passa le Rhin; mais, comme son ballon était à une très-faible hauteur, il fut criblé de chevrotines par un parti d'Autrichiens embusqués dans une redoute; le ballon fut complétement détruit. Peu de jours après, l'aérostat de la seconde compagnie, que commandait le capitaine Lhomond, fut également exposé au feu des Autrichiens. Ce ballon, qui manœuvrait devant Francfort, fut criblé de balles, et la compagnie tout entière des aérostiers, faite prisonnière, fut conduite à Wüstzbourg, en Franconie.

ROBERTSON. Célèbre physicien que tout Paris a pu voir, sous l'Empire et sous la Restauration, montrant dans la rue de la Paix, à l'ancien couvent des Capucines, son cabinet de fantasmagorie. Il était Flamand d'origine. Après avoir essayé inutilement de plusieurs carrières, il embrassa la profession d'aéronaute, excité par les succès toujours croissants de Blanchard. Ses connaissances assez étendues en physique ne lui furent pas inutiles; elles lui donnèrent les moyens d'exécuter la première ascension qu'on ait faite dans un but scientifique. Cette ascension eut lieu à Hambourg, le **18** juillet **1803**. Il la fit avec son compatriote Lhoest. Elle eut beaucoup de retentissement en Europe. Les aéronautes demeurèrent cinq heures et demie dans l'air, et descendirent à vingt-cinq lieues de leur point de départ. Les expériences que Robertson fit dans cette ascension eurent principalement pour objet le galvanisme et l'électricité. Parvenu à la hauteur de **7,400** mètres, il put constater, à l'aide d'une aiguille aimantée et de divers autres instruments, une diminution d'intensité assez considérable dans les phénomènes du magnétisme terrestre. En quittant l'Allemagne, Robertson se rendit en Russie, où, assisté d'un savant Moscovite, il exécuta à Saint-Pétersbourg une nouvelle ascension. Il avait voulu perfectionner le parachute, et ce perfectionnement consistait tout simplement dans un double parachute, l'un supérieur, et l'autre inférieur, placé au bas de la nacelle. On supposait que les surfaces, se développant autour de la nacelle pendant la descente, devaient augmenter l'équilibre de celle-ci. C'était une erreur, et cette triste invention doit être mise au rang du parachute conique de Lenormand et du parachute renversé du malheureux Cocking. Homme de talent et de savoir, Robertson avait su gagner, avec la fantasmagorie et les ballons, une fortune qui s'élevait à près d'un million, ce qui ne l'empêcha pas de traîner dans la misère une vieillesse trop longtemps prolongée.

SARRASIN (Le). C'est une curieuse histoire, il faut en convenir, que celle de la locomotion aérienne. Il semble que toutes les plus grandes folies qui puissent passer par la tête de l'homme s'y soient donné rendez-vous. Voici venir une espèce de magicien, ou plutôt de fou, qui veut, avec le secours d'une simple robe, traverser les airs. Cet homme était un Sarrasin qui vivait à Constantinople, du temps de l'empereur Manuel Comnène, c'est-à-dire au douzième siècle. Le jour fixé pour ce singulier exploit, il monte de lui-même sur la tour de l'Hippodrome, et là, debout, vêtu d'une robe blanche fort longue et fort large, dont les pans, retroussés avec de l'osier, devaient lui servir de voile pour recevoir le vent, le voilà prêt à traverser, en volant, toute la carrière. Tous les spectateurs avaient les yeux fixés sur lui, et on lui criait de tous côtés : « Vole, vole, Sarrasin, et ne nous tiens pas si longtemps en suspens, tandis que tu pèses le vent. » L'empereur, qui était présent, le détournait de cette entreprise, aussi vaine que dangereuse. Le sultan des Turcs y était également, et il se trouvait partagé entre la crainte et l'espérance; souhaitant d'un côté qu'il réussît, il appréhendait de l'autre qu'il ne pérît honteusement. Le Sarrasin étendait quelquefois les bras pour recevoir le vent. Enfin, quand il crut l'avoir favorable, il s'éleva comme un oiseau; mais son vol fut aussi malheureux que celui d'Icare : le poids de son corps ayant plus de force pour l'entraîner en bas que ses ailes artificielles n'en avaient pour le soutenir, il se brisa les os, et, pour comble de malheur, loin de le plaindre, on ne fit que rire de sa mésaventure (1).

SUFFREN (Le). En **1784** eurent lieu, à Nantes, les ascensions du grand ballon à gaz, baptisé, par ses parrains, du glorieux nom de *le Suffren*, monté d'abord par Coustard de Massy et le révérend père Mouchet, de l'Oratoire, puis par M. de Luynes.

TÊTE (La) ENFLE-T-ELLE OU N'ENFLE-T-ELLE PAS? Garnerin avait trouvé dans Robertson un concurrent habile et qui remplissait l'Allemagne du bruit de ses exploits aériens. Dans le compte rendu de son ascension de Berlin, Garnerin avait dit qu'à une hauteur de **3,000** toises environ, sa tête, par suite de la dilatation des fluides à une grande élévation, s'était subitement enflée, au point qu'il n'avait pu remettre son chapeau. Robertson, lui, racontait malicieusement que, dans les hautes

(1) *Histoire de Constantinople*, par Cousin.

régions de l'air, sa tête s'était amoindrie de telle manière, que son chapeau lui était subitement tombé sur le nez. La

mordante exagération de l'un se raillait de la grotesque exagération de l'autre. Mais, dira le lecteur, qu'en est-il? La tête enfle-t-elle? diminue-t-elle? A cette question, qui mérite certainement une solution, nous répondrons par l'observation suivante d'un de nos aéronautes bien connus, M. Dupuis-Delcourt : « Il est une chose constante, dit-il, et je l'ai éprouvée moi-même, c'est que, dans les hautes régions, et en raison de la dépression de l'air ambiant, l'aéronaute éprouve des effets singuliers : la face se gonfle, les veines se dessinent, se prononcent plus fortement; en général, les fluides et les parties molles tendent naturellement à s'expanser, mais non pas au point de produire les effets que Garnerin en avait racontés. »

TUILERIES (Le jardin des). Le 1er décembre 1783, la moitié de Paris se pressait aux environs du château des Tuileries. Les frères Robert et le professeur Charles devaient faire une ascension avec un globe de soie, devant porter deux voyageurs, lesquels s'enlèveraient à ballon perdu et tenteraient dans l'air des observations et des expériences dont l'auteur n'était pas nommé, mais suffisamment désigné pour qu'on y reconnût Charles lui-même. Préparée avec maturité, calculée avec une rare intelligence, cette nouvelle et curieuse ascension révéla tous les services que peut rendre le secours des connaissances scientifiques. Charles, physicien très-habile et très-exercé, créa, pour ainsi dire tout d'une pièce, l'art de l'aérostation. C'est, en effet, à cette occasion, qu'il imagina la soupape, la nacelle, le filet qui supporte et soutient la nacelle, le lest, l'enduit de caoutchouc, le tissu du ballon, enfin l'usage du baromètre ; c'est au talent dont il fit preuve alors qu'il a dû de préserver sa mémoire de l'oubli, car on n'a rien changé et on n'a presque rien ajouté depuis cette époque aux combinaisons ingénieuses de ce savant physicien... Le programme de cette ascension, qui devait avoir lieu dans le jardin des Tuileries, avait été annoncé par la voie des journaux, et une souscription de 10,000 francs avait été ouverte et presque immédiatement remplie. — A midi, les corps académiques et les souscripteurs, qui avaient payé leur place quatre louis, furent introduits dans une enceinte particulière construite tout exprès autour du bassin. Les simples souscripteurs à trois francs le billet se placèrent où ils purent, dans tout le reste du jardin. A l'extérieur, les fenêtres, les combles et les toits de toutes les maisons voisines étaient garnis de monde ; les quais qui longent les Tuileries, le pont Royal et la place Louis XV étaient également couverts d'une foule immense. Une garde nombreuse environnait la superbe machine, maintenait l'ordre et facilitait les manœuvres. Le ballon, gonflé de gaz et déjà prêt à partir, se balançait mollement dans l'air. C'était un globe de taffetas à bandes alternativement jaunes et rouges. Le char placé au-dessous était bleu et or ; il était suspendu par un filet qui embrassait le globe depuis son pôle supérieur jusqu'à l'équateur, et se trouvait à environ vingt pieds du ballon. On avait mis en évidence des pièces d'artillerie sur la principale terrasse, et un grand pavillon arboré sur la coupole du palais des Tuileries devait servir de signal aux savants chargés de faire des observations exactes et d'appliquer le calcul à cette brillante expérience. Enfin le bruit du canon retentit et annonce les premières manœuvres. Tout est prêt pour le voyage, la nacelle est lestée, on la charge des approvisionnements et des instruments nécessaires. Pour connaître la direction du vent on croit devoir lancer un petit ballon de soie verte, de deux mètres de diamètre. Charles, qui tient ce petit ballon à l'aide d'une corde, s'avance vers Étienne Montgolfier et le prie de vouloir bien le lancer lui-même. — C'est à vous, monsieur, répondit le modeste inventeur des aérostats, qu'il appartient de nous ouvrir la route des cieux. Le public, saisissant toute la délicatesse de cette allusion, s'empressa d'applaudir. Le petit aérostat d'essai, qui ressemblait à une émeraude, s'envola vers le nord-est faisant reluire au soleil ses brillantes couleurs. Le canon se fait entendre une seconde fois ; on brûle de fortes amorces de poudre, et l'on met en évidence les signaux sur le dôme des Tuileries. Les braves aéronautes prennent place, et bientôt le ballon s'élève avec une majestueuse lenteur, qui permet de le suivre des yeux. L'admiration et l'enthousiasme éclatent de toutes parts ; des applaudissements immenses ébranlent les airs, les soldats rangés autour de l'enceinte présentent les armes, les officiers saluent de leurs épées, et la machine continue de s'élever au milieu des acclamations de plus de trois cent mille spectateurs. Arrivé à la hauteur du parc de Monceaux, le ballon resta un moment stationnaire ; il vira, en quelque sorte de bord, se retourna sur lui-même, et suivit ensuite la direction du vent. — Il traversa une première fois la Seine entre Saint-Ouen et Asnières ; la passa une seconde fois non loin d'Argenteuil, et plana successivement sur Sannois, Francouvile, Eau-Bonne, Saint-Leu-Taverny, Villiers et l'Ile-Adam. Après un trajet d'environ trente-six kilomètres, en s'abaissant ou en s'élevant à volonté au moyen du lest qu'ils jetaient, les voyageurs s'arrêtèrent à trois heures et demie, dans la prairie de Nesles, non loin de la maison d'un gentilhomme anglais qui survint peu de temps après avec le duc de Chartres et le duc de Fitz-James, partis de Paris sur d'excellents chevaux, et qui avaient suivi le ballon sans le perdre de vue. En passant à Sannois les aéronautes s'étaient abaissés jusqu'au niveau du sol pour demander aux paysans quel était le lieu où ils se trouvaient. Plus loin, au-dessus de l'Ile-Adam, ils avaient engagé une conversation, à l'aide de leur porte-voix, avec les gens du prince de Conti, dont l'Ile-Adam était la propriété. Dans l'air, quand ils se virent hors de la portée des observateurs de Paris, ils avaient mangé et bu avec délices. A leur descente dans la prairie de Nesle, Robert quitta la nacelle, et Charles repartit seul dans l'atmosphère, et parvint, en moins de dix minutes, à une élévation de près de 4,000 mètres. Là il se livra à de rapides observations de physique. Une demi-heure après le ballon redescendait doucement, à environ huit kilomètres de son second point de départ. « Je vous confisque, lui cria alors le gentilhomme anglais, qui l'avait intrépidement suivi de Paris à Nesle ; vous êtes sur ma terre, vous m'appartenez. » Et, à peine la nacelle avait-elle touché la terre, qu'il s'empara de Charles et le conduisit à son château, où il passa la nuit. Le lendemain, le roi accorda une pension de deux mille livres au savant et intrépide aéronaute.

Après cette mémorable ascension, qui porta si loin la renommée de Charles, on ne peut s'empêcher d'être étonné en apprenant que ce physicien ne voulut plus tenter pareille expérience. Le désir de féconder et d'étudier ses découvertes aurait dû cependant l'entraîner cent fois au sein des nuages. On a dit que, en descendant de sa nacelle, Charles s'était bien promis de ne plus s'exposer à ces périlleuses expéditions, tant avait été vive l'impression qu'il avait ressentie au moment où, Robert étant descendu, la machine, subitement déchargée de ce poids, l'emportait dans les airs avec la rapidité d'une flèche.

VERRE (Ballon de). Le docteur Black, d'Edimbourg, pensa qu'un ballon de verre mince devait s'élever en l'air. Cavallo en **1782**, entreprit des expériences à ce sujet, et trouva que le verre était trop lourd et le papier trop faible pour contenir le gaz, mais que des bulles d'eau de savon remplies de gaz hydrogène s'élevaient rapidement jusqu'au plafond, où elles crevaient.

VERSAILLES. Une ascension avait eu lieu à Annonay et une autre à Paris. Quelques mois après il fallait une expérience à Versailles, devant le roi! Étienne Montgolfier, qui était arrivé à Paris et qui avait même assisté à l'ascension du Champ-de-Mars, s'était mis aussitôt à l'œuvre. Il s'était établi dans les immenses jardins de son ami Réveillon, fabricant du faubourg Saint-Antoine, dont la mort devait quelques années plus tard marquer si tristement les premières années de la Révolution. Aidé de quelques amis, il avait mis tant d'ardeur dans son travail, que cinq jours lui suffirent pour construire ce nouvel aérostat. Ce ballon, de forme entièrement sphérique, était peint en bleu avec des ornements en or, et offrait, étant rempli, l'image d'une tente richement ornée. Il avait été essayé le **18** au soir, veille de l'expérience, en présence des commissaires, et avait parfaitement réussi. Le **19** au matin, il fut transporté à Versailles, où tout était disposé pour le recevoir. On avait élevé dans la grande cour du château une vaste estrade entourée de toiles de tous côtés; au centre était une ouverture d'environ quinze pieds de diamètre, autour de laquelle on pouvait circuler librement pour le service du ballon. Le réchaud en fil de fer que portait l'aérostat, et qui devait servir à placer les combustibles, reposait sur le sol. On enferma dans une vaste cage d'osier suspendue à la partie inférieure du ballon un mouton, un coq et un canard, qui se trouvaient ainsi destinés à devenir les premiers navigateurs aériens.

A dix heures du matin la route de Paris à Versailles était couverte de voitures; l'on arrivait en foule de toutes parts; et à midi les avenues, les cours du château, les fenêtres et même les combles, étaient garnis de spectateurs. Tout ce qu'il y a de plus grand, de plus illustre et de plus savant dans la nation, semblait s'être réuni comme de concert pour rendre un hommage solennel aux sciences, sous les yeux de la cour, qui les protégeait et les encourageait. Le roi se transporta sur l'estrade avec sa famille; il fit le tour du ballon, et se fit rendre compte par Montgolfier des dispositions et des préparatifs de cette belle expérience. A une heure moins quatre minutes une décharge de mousqueterie annonça que la machine allait se remplir. On brûla quatre-vingts livres de paille et cinq livres de laine hachée. On vit aussitôt la machine se gonfler, déployer rapidement ses plis et ses replis, et développer sa forme imposante. Une seconde décharge annonça qu'on était prêt à partir; à la troisième, les cordes sont coupées, mais un coup de vent subit lui fait une longue déchirure vers le sommet. Sans perdre courage, Montgolfier jette un peu de paille de plus sur le brasier, et l'énorme aérostat s'élève majestueusement dans l'air, au milieu des acclamations de la foule, et emportant avec lui les volatiles aériens.

Dix minutes s'étaient à peine écoulées depuis son ascension, qu'arrivé à **240** toises de hauteur, le ballon s'arrête, plane quelques instants, et va s'abattre dans le bois de Vaucresson, à quatre kilomètres environ de Versailles. Deux gardes-chasse qui se trouvaient dans le bois virent la machine descendre avec lenteur et ployer les hautes branches des arbres sur lesquels elle se reposa. La corde qui retenait la cage d'osier s'embarrassa dans les rameaux; la cage tomba, les animaux en sortirent, mais sans avoir éprouvé aucun accident grave. Le coq seul avait l'épaule écorchée, mais cette blessure ne provenait que d'un coup de pied du mouton. Le premier qui accourut pour dégager le ballon fut Pilatre des Rosiers, qui suivait avec une véritable passion ces expériences, dont il devait être bientôt le héros et le martyr.

Ascension des frères Robert et du professeur Charles dans les Tuileries. — Page 27.

VESSIES. Il y a des textes précis qu'il serait trop long de rapporter, mais qui indiquent que les femmes de Thessalie, généralement inculpées de magie, descendaient du haut des monts sur un appareil formé de deux ballons gonflés par la fumée, à peu près comme ceux que l'on gonfle d'air pour maintenir sur l'eau les faibles nageurs.

VICTORIN. Dans son livre intitulé la *Découverte australe par un homme volant*, le principal personnage de cette histoire parcourt le monde par la voie des airs, au moyen d'ailes mécaniques de son invention, qu'il s'est adaptées autour du corps. L'auteur ne donne pas une idée bien nette du mécanisme de ces ailes, mais, à voir la figure gravée en tête du premier volume de l'ouvrage représentant *Victorin prenant son vol*, on dirait réellement que cet homme va voler, tant il y a d'harmonie et de justesse apparentes dans les diverses parties de l'appareil. Pour la première fois on voit figurer au-dessus de la tête de l'expérimentateur un parachute; mais il est à remarquer que la publication de ce livre est contemporaine de la machine à voler de Blanchard.

VOADOR (Le). Un jour, c'était en 1720, à Rio-Janeiro, un pauvre moine portugais, livré par goût à la culture des sciences physiques, se trouvait à sa fenêtre, qui donnait sur le jardin de son monastère. Qu'y faisait-il? Observait-il la terre et ses magnifiques productions, ou bien son œil, tourné vers le ciel, cherchait-il à surpendre les secrets de la Divinité? Nous ne savons. Il était plongé depuis quelques instants dans cette muette contemplation, quand il vit s'élever et flotter dans les airs un corps léger, sphérique et concave, qui apparemment n'était autre chose qu'une coquille d'œuf, une écorche sèche de citron ou d'orange. Ce phénomène le frappa, et il se dit (voyez comme l'homme est téméraire) qu'il pourrait bien l'imiter. Il chercha; mais, en cherchant, il acquit la conviction qu'il ne pourrait y parvenir qu'avec une machine qui, sous le moindre poids possible, présentât la plus grande surface à l'atmosphère. Après bien des essais, bien des tâtonnements, comme il arrive toujours en pareille matière, il finit par construire un ballon de toile, et, sa première expérience ayant réussi, il voulut rendre témoins de la seconde les religieux de son couvent. Ceux-ci, gens éclairés, applaudirent à l'expérience de leur confrère, et n'y virent rien que de naturel. Par malheur, comme tous les inventeurs, Gusmao fut tourmenté de l'envie de produire une découverte aussi étonnante sur un plus grand théâtre. Il partit en conséquence pour Lisbonne, sa patrie, où sa renommée l'avait précédé. Arrivé dans cette capitale, il fabriqua, avec la permission de Jean V, un ballon aérostatique d'une dimension prodigieuse, qu'il fit lancer dans la place contiguë au palais royal, en présence de Leurs Majestés et d'une foule immense de spectateurs. Gusmao était lui-même monté avec le ballon; et, au moyen d'un feu allumé dans la machine, qui était néanmoins retenue par des cordes, il s'éleva en l'air jusqu'à la hauteur de la corniche du faîte du palais. Malheureusement la négligence de ceux qui tenaient ces cordes fit prendre à la machine une direction oblique; elle toucha la corniche, où elle se rompit et tomba assez doucement cependant, puisque de cette chute il ne résulta aucun mal pour Gusmao. Mais l'inquisition, qui n'aimait pas les nouvelles découvertes, en murmurait hautement. Le physicien, sans s'en préoccuper, promit de nouvelles expériences, et annonça même qu'il s'élèverait sans le secours des cordes. L'inquisition alors le traita d'imposteur. Le P. Gusmao indigné, promit plus encore; il prit l'engagement de faire voler son *illustrissime* avec toute l'inquisition. Le grand inquisiteur ne goûta pas du tout la plaisanterie, et il commença à faire agir ses familiers. Le peuple s'ameuta, en criant : Au sorcier? au magicien! il ne demandait pas moins qu'un *auto-da-fé* pour Gusmao. Ce dernier, traduit enfin devant le saint-office, fut jeté dans un cachot et condamné à un jeûne rigoureux. Les jésuites vinrent cependant à bout de délivrer leur confrère et de le faire passer en Espagne, où il mourut de chagrin peu de temps après (en 1724).

« Quoique, bien avant le dix-septième siècle, dit la *Biographie universelle*, divers auteurs eussent proposé différents moyens pour s'élever dans les airs, il paraît cependant certain que l'on doit au P. Gusmao, qui avait reçu le surnom de *Voador* (l'homme volant), les premières expériences du ballon aérostatique, renouvelées avec un si grand succès soixante ans après sa mort. » Ceci est tout bonnement un conte, et tout le monde sait que la découverte de la machine aérostatique est d'origine toute française et que la gloire en revient tout entière aux frères Montgolfier.

VOITURE AÉRIENNE. Le 5 mai 1782, l'affluence était considérable dans les jardins du grand hôtel de la rue Taranne, où se trouve aujourd'hui un établissement de bains. Cet hôtel était celui de l'abbé Deviennay, et c'est là que Blanchard, dont le nom était destiné à devenir fameux dans les fastes de l'aérostation, avait trouvé une généreuse hospitalité au moment où, désespérant de recevoir en France des encouragements suffisants, il était sur le point de porter son industrie en pays étranger. Qu'est-ce qui pouvait ainsi attirer les curieux? C'était une machine d'une nouvelle invention et avec laquelle ce célèbre aéronaute, qui n'en était encore qu'à ses débuts, prétendait fendre l'air comme un navire fend les eaux. Cette machine avait la forme d'un oiseau; convexe par-dessus et par-dessous, elle était étroite à l'avant et à l'arrière, et avait pour tête la proue et pour queue le gouvernail. Le corps, en bois léger et solide, était comme celui d'un vaisseau, partagé en plusieurs membrures matelassées, traversé par deux petits mâts et recouvert à l'extérieur d'un carton vernissé. Ce qu'il y avait de plus surprenant, c'est que l'inventeur pouvait entrer dans cette machine par une porte qu'il refermait; s'y asseoir avec un compagnon de voyage, y voir clair à travers des glaces, et y renouveler l'air au moyen d'une soupape. Six ailes de dix pieds d'envergure sur dix de large, qu'un ressort faisait déployer rapidement, étaient adaptées à sa voiture aérienne. Celle de devant et celle de derrière devaient servir à son ascension, et les quatre autres, placées de chaque côté, la soutenir et la faire planer. Blanchard avait travaillé longtemps à perfectionner son ouvrage, qu'il annonçait aussi comme un bateau insubmersible. Attirés par la curiosité, comme tous les autres, les frères de Louis XVI, les ducs de Chartres et de Bourbon, accompagnés de plusieurs grands personnages, s'y étaient également transportés. Ils promirent, dit-on, à l'aéronaute, chacun quatre mille louis s'il réussissait. Comme la foule ne permettait pas de laisser la machine dans le salon doré où elle était exposée, et que la pluie empêchait de la montrer au dehors, Blanchard lut un discours où il en développa l'utilité et les inconvénients, qui étaient surtout de ne pouvoir découvrir au-dessous de lui sur quel endroit il s'abattrait, et de se trouver, en cas d'indisposition subite, hors d'état de manœuvrer, à moins d'avoir un compagnon. Quoiqu'il assurât qu'il pouvait s'élever en tous lieux, en tous temps et faire trente lieues par heure, il apercevait sans cesse de nouvelles difficultés en approchant du terme; mais sa jactance et ses vaines promesses cachaient très-bien son inquiétude. Ce fut alors qu'un de ses admirateurs fit le distique suivant :

> Æthereum transibit iter quo nomine Blanchard,
> Impavidus sortem non timet Icariam.

Mais, hélas! l'expérience ne répondit point à ces prédictions, et Blanchard fut hué, conspué et chansonné; on fit même sur lui une assez mauvaise pièce intitulée *Cassandre le méchanicien*.

En vérité, c'est dommage que cette tentative n'ait pas eu de succès, nous aurions peut-être aujourd'hui des wagons aériens, et quelle concurrence ne ferait-on pas aux chemins de fer, aux messageries, aux tapissières et aux omnibus! Espérons qu'un jour ou l'autre on arrivera à nous fabriquer de bonnes voitures aériennes, et que les plaines de l'air ressembleront aux lagunes de Venise que l'on voit le soir sillonnées par mille gondoles!

VOLER (Art de). Les apologistes du vol avec le secours des ailes ont été en grand nombre; mais leur opinion n'a enfanté que des victimes. On distingue surtout, parmi eux, Jean-Baptiste Van-Helmont et Frédéric-Herman Fleyder. Van-Helmont prononça à Bruxelles, en présence de l'infant Don Emmanuel de Portugal, une dissertation sur l'art de voler. Casamuel, qui y assista, rapporte que Van-Helmont y employa tant d'érudition, d'éloquence et de chaleur, que tous ses auditeurs en furent émus, et convaincus à un tel point, qu'au sortir de là il leur semblait à tous qu'ils n'avaient qu'à se munir d'ailes aux mains et aux pieds pour pouvoir voler.

Fleyder prononça une autre dissertation en 1627, le 5 septembre, à l'Académie de Tutinge, en présence du magistrat, et il y soutint la même proposition. Cependant tous les exemples qu'il cite des gens qui ont tenté de s'exercer à cet art sont malheureux.

Cependant les apologistes du vol persistaient et alléguaient que le défaut de succès dans un art n'est pas une preuve de son impossibilité, et que l'ignorance pouvait seule en induire une telle conséquence; que l'art de voler était si utile aux hommes, qu'ils ne devaient point se décourager; que la ville de Leyde avait été sauvée par des colombes dressées à l'usage de porter des lettres, et que des hommes pourraient rendre mieux ce service, et de beaucoup plus grands; que des poissons et même des reptiles ont la faculté du vol; que l'homme manque d'ailes et de plumes, mais qu'il lui est très-aisé de s'en procurer; sa pesanteur ne doit pas être considérée comme un obstacle absolu. L'aigle est singulièrement pesant, et n'a pas des ailes qui y soient proportionnées. La cigogne est encore bien plus disproportionnée à cet égard, et elle s'élève toutefois très-haut. Les oiseaux de proie s'élèvent non-seulement à de grandes hauteurs, mais ils fondent sur la terre, et en emportent des victimes d'un poids très-lourd.

Ces apologistes conseillent donc pour réussir de choisir parmi des enfants ceux qui annoncent beaucoup d'adresse, de souplesse et la plus grande agileté. Accoutumez-les, disent-ils, de bonne heure aux périls; attachez-leur des ailes aux épaules et aux mains; mettez à leurs pieds d'autres ailes faites sur le modèle des pattes des oies; prenez l'enfant entre vos bras, et élevez-le dans l'air; commencez à lui faire développer ses ailes en le soutenant, lâchez-le ensuite; et si vous remarquez qu'il tombe, accourez à lui, et relevez-le; continuez de jour en jour à lui faire faire ce même exercice, il y acquerra peu à peu de nouvelles forces, une aptitude admirable, et l'expérience le rendra d'une habileté incomparable. « Telle est, dit Fleyder, la condition des mortels, que tous les arts dans ce siècle se sont souverainement perfectionnés. Combien de choses manquent à l'homme à sa naissance! Jeté dans l'amphithéâtre de ce monde, sans bec pour mordre, sans dents pour ronger, sans cornes pour frapper, sans ongles pour déchirer, il lui manque aussi des ailes pour voler. Il répare toutefois très-aisément par l'art et par la prudence tout ce que la nature lui refuse; et il pourvoit, par le secours de ses mains, à tous les instruments qui lui sont refusés. Par elles, il déchire, il frappe, il met en pièces, il nage, et il volera. Puisqu'il lui est accordé de jouir de l'odorat du vautour, de l'ouïe du renard, de l'odorat et de l'ouïe du chien, du goût de la poule, de la vue de l'aigle, du tact des limaçons et des huîtres, de la course du lièvre et de l'art de nager du poisson, pourquoi l'art de vol de l'oiseau lui manquerait-il? Qu'est-il nécessaire d'avoir recours au char de Triptolème, aux dragons de Médée, aux ailes de Persée ou de Dédale! » Le bon Fleyder finit très-dévotement en ajoutant que nous avons d'ailleurs les ailes de la foi, par lesquelles nous pouvons voler au ciel.

NAVIRE AÉRIEN DE M. PÉTIN.

Enfin, le voilà construit ce fameux navire dont on a tant parlé et qui est depuis si longtemps et si impatiemment attendu! Après la théorie vient l'application, et c'est à présent que les démonstrations si claires, si nettes, si saisissantes du savant professeur vont recevoir leur sanction suprême. Déjà vous pouvez juger son œuvre, car elle est exposée aux regards de tous. Mais que de combinaisons, que d'essais, que d'études, que de veilles, que d'observations n'a-t-il pas fallu pour arriver à un pareil résultat! Tout l'espoir de la navigation aérienne est dans cette ingénieuse machine qui n'attend plus qu'un souffle de l'air, un signe du maître pour franchir l'espace et aller explorer des régions jusqu'alors interdites à l'homme et que l'aigle lui-même n'a jamais touchées de son aile. Oh! si les Montgolfier pouvaient revenir parmi nous, qu'ils seraient fiers de leur sublime découverte! La couronne de laurier qu'ils ont reçue de leurs contemporains et de la postérité, ils la déposeraient à leur tour sur le front de l'heureux mortel qui vient enfin de trouver ce qu'ils avaient vainement cherché, ce qui avait fait l'objet de leurs rêves, le MOYEN DE DIRIGER LES AÉROSTATS! Avec ce mécanisme si simple, ce point d'appui, ce levier, qui aurait suffi à Archimède pour soulever le monde, M. Pétin va soumettre à sa volonté, à ses caprices l'empire des airs. Plus d'obstacles, plus d'écueils, le chemin de l'air est à lui, et le voyage dans la lune, dont nos bons aïeux ont tant ri, ne va plus être une chimère. Nous pourrons enfin connaître les habitants de cet astre errant; aller leur rendre visite quand cela nous fera plaisir; leur souhaiter le bonjour ou la bonne nuit, et leur offrir au besoin une prise de tabac ou le havane d'amitié. Quelle source de jouissances nouvelles va nous être ouverte, et comme cela arrive à point pour nous distraire des ennuis de notre planète vouée au tohu-bohu politique le plus indémêlable. Au moins là nous respirerons à pleins poumons le grand air de la liberté, et nous pourrons entonner un *Hosanna in excelsis* qui sera entendu de Dieu! Gloire à M. Pétin! Grâce à lui et à sa précieuse découverte, non-seulement il sera facile, en s'élevant à la hauteur nécessaire, en s'y ancrant, pour ainsi dire, et en luttant contre la dérive, de voir tourner le globe sous soi ou de le suivre dans son tourbillon; mais on va pouvoir, comme le dit un spirituel écrivain, aller en Californie en quelques heures, descendre dans le centre mystérieux de l'Afrique. La Chine voit sa grande muraille inutile. Les solitudes de l'Asie centrale seront explorées. L'intérieur de la Nouvelle-Hollande dévoilera ses bizarres créations. L'humanité prendra véritablement possession de son globe. Quel plaisir de voyager ainsi sans secousse, sans fatigue, entouré de toutes les ressources du confortable, avec une célérité prodigieuse, à travers l'espace, voyant le jour dans toute sa pureté au-dessus des nuages et des vapeurs, de nager dans l'incorruptible éther, et de passer en quelques instants d'un continent à l'autre, du pôle arctique au pôle antarctique! La face du monde va être entièrement changée. Quand les ballons seront passés à l'état usuel comme les chemins de fer, que deviendront les frontières, les douanes, les murs d'octroi, les passeports et toutes ces vieilles formes de l'ancienne barbarie que nous appelons civilisation? Plus de guerres! car quelles guerres seront possibles lorsque les peuples se visiteront tous les jours, comme des amis qui demeurent dans la même rue; quand tout une ville viendra de Madrid ou de Londres à Paris pour voir un spectacle, et s'en retournera coucher dans son lit le même soir? Tout cela semble fabuleux, chimérique; mais si quelqu'un, il y a vingt-cinq ans, vous avait proposé d'emmener sans chevaux, sans relais, huit cents personnes de Lyon à Paris, en trois ou quatre heures, et d'un seul coup, vous l'auriez traité de fou, d'insensé, de maniaque, de mystificateur. La chose existe cependant, et elle paraît toute naturelle aujourd'hui. Que M. Pétin réussisse, et nous n'en doutons pas, aussitôt des ballons, construits d'après son système, seront établis aux quatre coins de Paris pour vous transporter partout où vous voudrez, à Lyon, à Lille, au Havre, à Marseille, au bout du monde. Il y en aura qui seront exclusivement consacrés à faire le service de la banlieue, et qui iront à Saint-Germain, à Versailles, à Rambouillet, etc. Quelle formidable concurrence pour les chemins de fer! Mais ce n'est pas tout. M. Pétin établira aussi des maisons aériennes, où, lorsqu'on sera dégoûté de vivre avec les hommes, on pourra aller vivre tranquillement avec les oiseaux. Quel charme ne sera-ce pas que d'avoir, dans l'air, une maison à soi, qui ne payera pas d'impositions, où l'on pourra exercer la profession que l'on voudra sans être soumis à aucune patente, où, enfin, on n'aura pas à craindre de locataires importuns ni aucun autre désagrément! Il y aura aussi des hôtels garnis aériens où pourront se retirer la nuit les gens sans papiers, sans passe-ports, et qui, par ce moyen, éviteront les visites toujours désagréables des agents de police. Enfin, ce qui sera d'une grande sécurité pour la société, on établira des prisons cellulaires aériennes où toute espèce d'évasion sera désormais impossible, délicieuses Noukahivas que l'Assemblée nationale adoptera, nous en sommes persuadé, aussitôt que M. Pétin en fera la proposition. Qu'en dites-vous? Ne sont-ce pas là des améliorations importantes?

En attendant ces miraculeuses choses, voyons un peu ce

que c'est que le navire de M Pétin, que vous pouvez tous voir aux Champs-Élysées, dans la rue Marbeuf. Ce navire, suspendu dans les airs par trois énormes aérostats reliés entre eux, a 70 mètres (210 pieds) de longueur sur 10 mètres (30 pieds) de largeur, 12, 156 mètres carrés de superficie, et les aérostats cubent 4,190 mètres de gaz. La force ascensionnelle est égale à 15,090 kilogrammes. « La grande dimension de cet appareil, dit M. Théophile Gautier, qui présente quelque chose comme la nef de Notre-Dame ou un vaisseau de guerre avec sa mâture, n'a rien qui doive étonner. Dans l'air, ce n'est pas la place qui manque, et M. Pétin a eu raison d'en user largement. En augmentant ainsi le poids de son navire, il accroit sa force de résistance contre les courants d'air horizontaux, et, d'ailleurs, ne sait-on pas que le même vent qui fait chavirer une nacelle n'émeut seulement pas un navire à trois ponts? La proportion gigantesque du navire de M. Pétin est donc une garantie de sécurité. Le mouvement se fait au moyen d'un centre de gravité et d'une rupture d équilibre aux extrémités. Jusqu'à présent, on n'avait pas trouvé pour les ballons ce centre de gravité, et voilà pourquoi toute marche était impossible. Il existait pourtant, et le mérite de M. Pétin est d'avoir su le trouver. Ce point d'appui, il se l'est procuré par un moyen d'une simplicité extrême. Il a établi sur le second pont de son navire, dans l'endroit que laissent libre les ballons, de vastes châssis posés horizontalement et garnis de toiles à peu près comme des ailes de moulin à vent. Ces châssis se reploient à volonté. Les ailerons se ramènent sur les ailes aisément et rapidement, de manière à offrir plus ou moins de résistance dans l'ascension et la descente, selon les mouvements qu'on veut produire. Au centre de ce plancher mobile sont disposés parallèlement, car la nature procède toujours ainsi, deux demi-globes fixés sur leurs bords et libres de se gonfler dans un sens ou dans l'autre. Lorsqu'on monte, l'air s'engouffre dans leur cavité et les arrondit par sa pression, qui est immense comme on sait. Les deux demi sphères décrivent un arc renversé du côté de la terre, et retardent cette force d'ascension verticale qui opère par éloignement de la circonférence et dans le sens du rayon.

« Lorsqu'on se rapproche de la terre, les deux globes se retournent, prennent l'apparence de coupoles et ralentissent la descente. — Tout à l'heure le point d'appui était au-dessus de l'appareil; maintenant il est au-dessous; aussi l'un retient et l'autre soutient. Voilà le centre de gravité, le point d'appui trouvé. Nous allons voir comment M. Pétin en tire parti. Les ailes du plancher horizontal, qui forme le second pont de son navire, lorsqu'elles sont étendues également, présentent à l'air une résistance uniforme dans le sens ascensionnel ou descensionnel. Mais, en repliant les toiles des extrémités vers le centre, la résistance devient inégale, l'air passe librement, et l'un des côtés se trouve plus chargé que l'autre; il y a rupture d'équilibre, la balance représentée par le plancher horizontal, et dont les coupoles déterminent le centre de gravité, penche et glisse sur le plan incliné formé par l'air sous-jacent; ou bien, si le mouvement se fait en sens inverse, l'appareil remonte en suivant une ligne diagonale, en dessous d'un plan incliné formé par l'air supérieur.

« Voici donc, et là est tout l'avenir de la navigation, la fatale ligne perpendiculaire rompue. Procéder en ligne diagonale, c'est avancer, et tout corps lancé sur une pente reçoit de cette projection le mouvement.

« Jusqu'à présent, M. Pétin ne s'est servi que de l'air-résistance, dont l'action est verticale, et non de l'air-vitesse, dont l'action est horizontale, et qui procède par éloignement du rayon dans le sens de la circonférence. Un des plus grands obstacles à la direction des ballons, ce sont les courants d'air qui peuvent faire dévier le ballon de sa route.

« Comme M. Pétin peut, en levant ou en abaissant la proue de son navire, se faire prendre en dessus ou en dessous par le courant d'air arrêté dans les ailes, et filer en montant ou en descendant, sans surmonter tout à fait la force de l'air-vitesse, lorsqu'elle est contraire; il la rompt et la brise, et diminue son recul à la façon d'un vaisseau qui louvoie contre le vent. Mais les diagonales ascendantes ou descendantes déterminées par la rupture d'équilibre, qui suffiraient dans un air tranquille ou avec un courant favorable, n'auraient pas assez de force dans des circonstances moins propices ou quand on voudrait obtenir une plus grande rapidité. M. Pétin a imaginé d'appliquer à son vaisseau aérien l'hélice inventée pour les bateaux à vapeur par Sauvage, ce grand génie si longtemps méconnu. Deux hélices mises en mouvement par deux turbines posées autour des globes parachutes et paramontes se vissent, pour ainsi dire, dans l'air, et opèrent des tractions énergiques. Lorsqu'on veut virer de bord, on laisse aller une poulie folle; une des hélices suspend sa rotation, et l'aérostat tourne sur lui-même ou décrit une courbe; enfin, il devient susceptible d'exécuter toutes les manœuvres d'un steamer.

« Ces hélices peuvent être tournées à la main ou par tout autre moyen mécanique, si l'on ne veut pas employer les turbines, qui ont le mérite d'utiliser une force qui ne coûte rien, la force ascendante et descendante.

« S'il est permis d'affirmer une chose encore à l'état de projet, l'on n'avance rien que de parfaitement raisonnable et logique en disant que, dès aujourd'hui, le problème de la locomotion aérienne est résolu, ou bien toutes les lois physiques sont fausses, et la statique n'existe pas.

« L'appareil de M. Pétin offre plus de sûreté aux voyageurs que tout autre moyen de locomotion. Ses trois ou quatre ballons crèveraient tous, ce qui est impossible, que les deux coupoles et les ailes rendraient la chute si lente, qu'elle serait sans danger, car son vaisseau est *inchavirable* et insubmersible. On tomberait dans la mer, qu'on ne se noyerait pas pour cela. Nous en sommes tellement certain, que nous avons retenu notre place pour le premier voyage. »

Voilà l'opinion d'un écrivain de la *Presse* Mais toute chose, ici-bas, a son bon et son mauvais côté; toute médaille a son revers, et nous allons citer maintenant l'opinion d'un écrivain qui n'est pas très-favorable au système de M. Pétin. Voici ce qu'en effet on lit dans la *Revue des Deux-Mondes:*

« Aujourd hui, le problème de la direction des aérostats vient d'être remis à l'ordre du jour. Un inventeur que n'a point découragé l'insuccès de ses nombreux devanciers, M. Pétin, a tracé le plan d'une sorte de *vaisseau aérien*. Il réunit en un système unique quatre aérostats à gaz hydrogène, reliés par leur base à une charpente de bois, qui forme comme le pont de ce nouveau vaisseau. Sur ce pont s'élèvent, soutenus par des poteaux, deux vastes châssis garnis de toiles disposées horizontalement. Quand la machine s'élève ou s'abaisse, ces toiles présentent une large surface qui donne prise à l'air, et elles se trouvent soulevées ou déprimées uniformément par la résistance de ce fluide; mais, si l'on vient à en replier une partie, la résistance devient inégale, et l'air passe librement à travers les châssis ouverts; il continue, cependant, d'exercer son action sur les châssis encore munis de leurs toiles, et de là résulte une rupture d'équilibre qui fait incliner le vaisseau et le fait monter ou descendre à volonté, en sens oblique, le long d'un plan incliné. Là est toute la nouveauté du projet de M. Pétin. Il n'est pas impossible que cette disposition permette, en effet, d'imprimer à la machine une sorte de marche oblique dans un sens déterminé, et ne donne ainsi les moyens de substituer à la marche verticale, à laquelle les aérostats ont obéi jusqu'ici, une direction oblique; mais ces mouvements, provoqués par la résistance de l'air, ne peuvent évidemment s'exécuter que pendant l'ascension ou la descente; le mouvement est impossible quand le ballon est en équilibre ou en repos. Il est indispensable, pour provoquer ces effets, d'élever ou de faire descendre le ballon, en jetant du lest ou en perdant du gaz: on n'atteint donc le but désiré qu'en usant peu à peu la cause de son mouvement. Il y a là un vice essentiel qui frappe au premier aperçu. Là n'est pas encore, toutefois, le défaut radical de ce système. Ce défaut, auquel nous ne savons point de remède, c'est l'absence de tout véritable moteur. Le jeu de bascule que donne l'emploi des châssis pourra bien peut-être imprimer, dans un temps calme, un mouvement à l'appareil ; mais, pour surmonter la résistance des vents et des courants atmosphériques, il faut évidemment faire intervenir une puissance mécanique. Cet agent fondamental, c'est à peine si M. Pétin y a songé, ou, du moins, les moyens qu'il propose sont tout à fait puérils. L'hélice est, en définitive, le moteur adopté par M. Pétin. Or, les hélices ont été essayées bien des fois pour les usages de la navigation aérienne, et toujours sans le moindre succès. Quant à faire fonctionner ces hélices par le moyen des petites turbines qui figurent sur le dessin de l'appareil, cette idée n'est pas discutable. Outre que leurs faibles dimensions sont tout à fait hors de proportion avec le volume énorme de la machine, il nous semble douteux que les roues de ces turbines atmosphériques puissent fonctionner seules à l'aide de la résistance de l'air, car elles sont plongées tout entières dans le fluide, condition qui doit s'opposer à leur jeu. D'ailleurs, cet effet fût-il obtenu, il ne pourrait s'exercer que pendant l'ascension ou la descente de l'aérostat, et, dès lors, la difficulté dont nous parlions plus haut se présenterait encore, car il faudrait, pour provoquer la marche, jeter du lest ou perdre du gaz, c'est-à-dire user peu à peu le principe même ou la cause du mouvement. L'auteur se tire assez singulièrement d'embarras, en disant que l'hélice serait mue, dans ce cas, par la main des hommes ou par tout autre moyen mécanique ; mais c'est précisément ce moyen mécanique qu'il s'agit de trouver, et en cela, justement, consiste la difficulté qui s'est opposée, jusqu'à ce jour, à la réalisation de la navigation aérienne. »

Encore quelques jours, nous saurons à quoi nous en tenir, et nous verrons si enfin le grand problème de l'aéronautique est trouvé. Tous les plus beaux discours du monde ne valent pas une seule expérience. A l'œuvre donc, monsieur Pétin !

www.ingramcontent.com/pod-product-compliance
Ingram Content Group UK Ltd.
Pitfield, Milton Keynes, MK11 3LW, UK
UKHW020518180726
13839UKWH00005B/2164